Fabian Lenk

Die Mannschaft der 1000 Gefahren

In der Reihe „1000 Gefahren“ sind erschienen:

RTB 52340 · Edward Packard, *Die Insel der 1000 Gefahren*
RTB 52343 · Edward Packard, *1000 Gefahren zur Geisterstunde*
RTB 52344 · R. A. Montgomery, *Der Urwald der 1000 Gefahren*
RTB 52345 · Fabian Lenk, *Das Meer der 1000 Gefahren*
RTB 52346 · Fabian Lenk, *Die Pyramide der 1000 Gefahren*
RTB 52361 · Fabian Lenk, *Das Fußballspiel der 1000 Gefahren*
RTB 52363 · Fabian Lenk, *Die Wüste der 1000 Gefahren*
RTB 52396 · Fabian Lenk, *1000 Gefahren auf dem Piratenschiff*
RTB 52397 · Edward Packard, *1000 Gefahren im Strafraum*
RTB 52407 · Fabian Lenk, *1000 Gefahren im Gruselschloss*
RTB 52437 · Frank Stieper, *1000 Gefahren im Internet*
RTB 52463 · Fabian Lenk, *1000 Gefahren in der Drachenhöhle*
RTB 52474 · Fabian Lenk, *1000 Gefahren bei den Rittern der Tafelrunde*
RTB 52475 · Edward Packard, *1000 Gefahren am Katastrophentag*
RTB 52498 · Fabian Lenk, *1000 Gefahren im alten Rom*
RTB 52501 · Fabian Lenk, *1000 Gefahren im Reich des Pharao*
RTB 52516 · Fabian Lenk, *1000 Gefahren im Fußballstadion*
RTB 52526 · Fabian Lenk, *1000 Gefahren bei den Dinosauriern*
RTB 52541 · Fabian Lenk, *1000 Gefahren bei den Indianern*
RTB 52549 · Fabian Lenk, *Das Handy der 1000 Gefahren*
RTB 52550 · Fabian Lenk, *Die Safari der 1000 Gefahren*
RTB 52555 · Fabian Lenk, *Agent der 1000 Gefahren*
RTB 52556 · Fabian Lenk, *1000 Gefahren in den USA*
RTB 52567 · Fabian Lenk, *1000 Gefahren in der Wildnis*
RTB 52571 · Fabian Lenk, *Die Mannschaft der 1000 Gefahren*
RTB 52572 · Fabian Lenk, *Konsole der 1000 Gefahren*
RTB 52579 · Fabian Lenk, *1000 Gefahren auf dem Mars*
RTB 52591 · Fabian Lenk, *1000 Gefahren in der Schule des Schreckens*
RTB 52592 · Fabian Lenk, *Fußballpokal der 1000 Gefahren*

Fabian Lenk

1000 GEFAHREN
DU ENTSCHEIDEST SELBST!

Die Mannschaft der 1000 Gefahren

Mit Illustrationen
von Rolf Bunse

Ravensburger Buchverlag

MIX
Aus verantwortungsvollen Quellen
FSC® C114500

Als Ravensburger Taschenbuch
Band 52571
erschienen 2017

Coverillustration: Stefani Kampmann
Innenillustrationen: Rolf Bunse
Lektorat: Andreas Rode

Printed in Germany

2 3 4 5 E D C B A

ISBN 978-3-473-52571-3

www.ravensburger.de

Warnung!

Lies dieses Buch nicht in einem Zug von vorne bis hinten durch. Es enthält verschiedene Abenteuer, die du als Fußballspieler erleben kannst. Aber sei vorsichtig, denn überall lauern Gefahren – auf dem Platz, beim Training und auf der Straße. Du triffst auf rabiate Fußballer, pflichtvergessene Schiedsrichter und zwielichtige Ganoven. Deine Gegner schrecken vor keinem Foul zurück. Und manche ihrer Aktionen könnte tödlich für dich enden.

Überleg also gut, wem du Vertrauen schenkst. Denk nach, bevor du dich entscheidest. Wenn du einen Fehler machst, gibt es kein Zurück! Dein Überleben hängt von deinem schnellen und guten Urteilsvermögen ab.

Viel Glück!

Mit einem etwas mulmigen Gefühl fährst du zu eurem Sportheim. Claus, euer Trainer, hat deine Fußballmannschaft zusammengetrommelt. Heute steht jedoch kein Training an, heute gibt es eine Mannschaftsbesprechung.
Du weißt, worum es geht: um eure Fahrt in die französische Hauptstadt Paris. Dort wird euer Team an einem hochkarätig besetzten Turnier teilnehmen.
Klar, es ist natürlich super, dass deine Mannschaft dabei ist. Aber wirst du auch spielen? Oder wirst du auf der Ersatzbank schmoren? Du bist Stürmer und wirklich sehr gut. Ein ganz großes Talent. Aber die Konkurrenz in deinem Team ist nicht zu verachten. Vor allem Marco, ein ziemlich arroganter Typ, ist derzeit in bestechender Form. In der abgelaufenen Saison hat er fünf Treffer mehr als du erzielt – genau wie Benjamin, der ebenfalls Stürmer ist.
Es kann also gut sein, dass du nicht zur Startformation gehörst. Das würde dich extrem nerven, weil es aus deiner Sicht ungerecht wäre. Du spielst nämlich viel mannschaftsdienlicher als Marco. Du gibst den Ball auch schon mal ab und versuchst nicht immer, das Tor selbst zu machen.
Jetzt hast du das Mannschaftsheim erreicht und schließt dein Fahrrad ab.
„Hi Tom!“, wirst du begrüßt.

Lies weiter auf Seite 52

„Gut. Was soll ich tun?"
Jason bückt sich, hebt einen ziemlich schweren Stein auf und sagt zu dir: „Wirf ihn in die Scheibe des Möbelhauses da drüben."
Du bist fassungslos. Das ist doch Sachbeschädigung! Andererseits wärst du wirklich gern in diesem Team …

**Wenn du den Stein wirfst,
lies weiter auf Seite** **17**

**Wenn du den Stein nicht wirfst,
lies weiter auf Seite** **76**

Einige im Team lachen, doch Claus bleibt ruhig und ernst. „Das will ich hoffen", meint er. „Ich werde also unser Team ziemlich defensiv ausrichten ..."
Oje, du ahnst, was jetzt kommt!
„Wir werden mit nur einer Spitze spielen", fährt der Trainer fort. „Und diese Spitze wird Marco sein."
Du schaust auf deine Schuhspitzen. Genau das hast du befürchtet ...
„Kopf hoch, Tom", ruft Claus dir zu. „Das heißt doch noch lange nicht, dass du nicht zum Einsatz kommst. Wenn wir zurückliegen sollten, werde ich vermutlich taktisch umstellen und mit zwei Stürmern agieren – neben Marco mit dir oder Benjamin. Ist doch klar."
Du nickst tapfer. Doch in dir brodelt es. Gar nichts ist klar! Marco, natürlich dieser Marco. Der strahlt über das ganze Gesicht. Okay, das würdest du vermutlich auch tun. Aber trotzdem, es ärgert dich maßlos.
Freundschaftlich legt Phil einen Arm um dich.
„Nimm's sportlich", rät er dir.
Später stehst du mit ihm vor eurem Vereinsheim.
„Ich glaube, ich bleibe zu Hause", sagst du wütend.
„Nein, bloß nicht! Kämpf dich zurück ins Team und zeig dem Trainer, wer der beste Stürmer ist!", bittet Phil dich.

**Wenn du auf ihn hörst,
lies weiter auf Seite** **20**

**Wenn du daheim bleibst,
lies weiter auf Seite** **88**

„He, bleib stehen!“, ruft dir jemand nach.
Doch du bist doch nicht verrückt, der Mut hat dich verlassen, die Typen sind dir einfach nicht geheuer!
Dicht über den Lenker gebeugt flitzt du weiter.
Plötzlich rollt vor dir ein unbeleuchteter Kleintransporter auf die Straße. Die Seitentür geht auf und jede Menge Fußbälle kullern heraus. Erneut bremst du scharf ab, um dich nicht auf die Nase zu legen, und springst vom Bike.
Aus dem Auto steigen zwei junge Männer.
„Bist du ein Zivilpolizist?“, fragen sie dich.
Ich?, denkst du dir. Guter Witz! Aber halt, vielleicht ist das sogar eine gute Idee …

Wenn du dich als Polizist ausgibst,
lies weiter auf Seite **26**

Wenn du sagst, wer du wirklich bist,
lies weiter auf Seite **59**

Nach der anstrengenden Übungseinheit liegst du ausgepumpt im Schatten eines Baumes und nuckelst an deiner Flasche mit dem Vitamindrink. Du bist allein. Phil ist schon unter der Dusche.
Ein Stück entfernt sitzt Marco unter einem Busch und schaut auf den nahen Fluss. Er hat sein Handy am Ohr. Auch er ist allein.
Jetzt bemerkst du einen Mann, der sich dem Gebüsch nähert. Er befindet sich hinter Marco und hat irgendeinen länglichen Gegenstand in der Hand.
Du stützt dich auf die Ellenbogen und schaust genauer hin. Wer ist das? Einer aus deiner Mannschaft?
Aus der Entfernung kannst du das nicht erkennen. Nun bückt sich der Typ mit dem Ding in der Hand.
Deine Nackenhaare stellen sich auf. Ist das etwa eine Waffe? Ist Marco in Gefahr?

Wenn du Marco warnst,
lies weiter auf Seite **15**

Wenn du Marco nicht warnst,
lies weiter auf Seite **39**

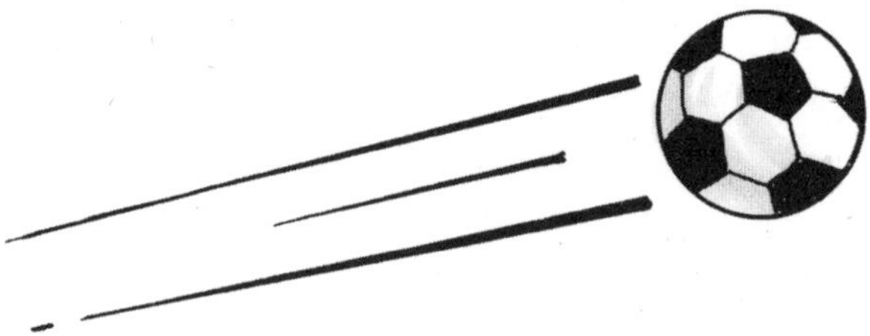

„Nein!“, wisperst du. „Ich will damit nichts zu tun haben“
„Quatsch, du bist einer von uns“, erwidert Jason gereizt.
Du schüttelst den Kopf. „Niemals, lasst mich in Ruhe. Ich gehe jetzt.“
Jason stellt sich dir in den Weg. „Wir können dich nicht gehen lassen.“
Du schiebst ihn beiseite. „Doch, das könnt ihr. Ich schwöre euch, dass ich niemandem etwas von diesem Treffen erzählen werde.“
Dann gehst du einfach los. Dabei rinnt dir der Schweiß den Rücken hinunter. Du hast Angst, unglaubliche Angst. Denn du rechnest damit, dass man auf dich schießt.
Schritt für Schritt gehst du weiter.
Und nichts passiert.
Niemand greift dich an, man lässt dich tatsächlich ziehen!
Du hältst dich an dein Versprechen. Die Blacks siehst du nie wieder.

Ende

Du lümmelst dich auf deinem Stuhl vor dem PC, das Gamepad in den Händen.

Yes, jetzt wird Soccer2016 gespielt!

Da meldet sich Alex: „He, Tom – schon von dem neuen Onlinespiel gehört?“

„Ne, welches denn?“, fragst du interessiert.

„Eine Variante von Soccer2016. Ist eine weltweite Sache. Da kannst du dich mit den Besten der Besten messen.“

„Das kann ich doch bei Soccer2016 auch“, sagst du.

Ein leises Lachen. „Das glaubst auch nur du. Bei diesem Spiel geht es um Geld – man kann auf die Spieler setzen, also Wetten abschließen.“

Deine Augen werden groß. Das ist dir neu. Bisher hast du nur aus Lust und Laune gespielt – aber um Geld? Hm …

„Vom Kumpel des Kumpels meines besten Kumpels habe ich den Link bekommen. Soll ich dir den mal schicken?“, fragt Alex.

Wenn du den Link haben willst, lies weiter auf Seite 22

Wenn du lieber ganz normal Soccer2016 spielen willst, lies weiter auf Seite 80

„He Marco!“, rufst du.
Gelangweilt schaut er in deine Richtung. „Was willst du?“
„Dreh dich mal um!“
„Was soll der Quatsch?“
„Hinter dir, Vorsicht!“
Endlich reagiert Marco.
Doch die Gestalt am Busch ist durch deine Rufe längst gewarnt und hat die Flucht ergriffen. Mit dem länglichen Ding in der Hand saust der Typ davon.
Marco kommt zu dir. „Was war denn das für eine Nummer?“

„Keine Ahnung, aber ich hatte das Gefühl, dass der Typ dich angreifen wollte. Er hat sich von hinten an dich herangeschlichen und hatte etwas in der Hand …“
Marco zuckt mit den Schultern. „Komisch … Na ja, dann gehe ich auch mal duschen.“
Er schlappt davon, und du ärgerst dich. Marco hätte sich wenigstens mal bedanken können!
Nach dem Mittagessen steht eine zweite Trainingseinheit auf dem Programm, die bis zum frühen Abend dauert.
Danach hast du endlich frei!

Lies weiter auf Seite 23

16

Blitzschnell trittst du zu – und dir gelingt ein perfekter Treffer. Das Messer segelt durch die Luft, begleitet von einem hübschen Schmerzensschrei. Mit dem Vorderrad rammst du eine Lücke zwischen die Typen und flitzt hindurch. Die beiden rennen dir hinterher, doch sie sind zu langsam. Rasch hast du genug Vorsprung.
Mit einem Blick über die Schulter vergewisserst du dich, dass du die beiden Vögel abgehängt hast.
Und jetzt?

Wenn du nach Hause fährst,
lies weiter auf Seite **50**

Wenn du die Blacks heimlich beobachtest,
lies weiter auf Seite **83**

Na gut, Augen zu und durch. Schon holst du aus.
Doch im letzten Moment fällt Jason dir in den Arm.
„Lass das bloß bleiben", blafft er dich an.
„Wie bitte? Du hast doch gerade selbst verlangt, dass ich es tun soll."
Jason nickt. „Richtig. Wir wollten sehen, was du für ein Typ bist. Du scheinst jemand zu sein, der irgendwelche Befehle ausführt, ohne nachzudenken. Das ist etwas, was wir ablehnen. Du bist raus aus dem Spiel. Tut mir leid. Jemanden wie dich können wir nicht gebrauchen."

Ende

„Nein, ich bin kein Spitzel", sagst du und beschließt, mit offenen Karten zu spielen. Du erzählst dem Ladenbesitzer, was vorgefallen ist.
„Oh", sagt der Mann und klingt wirklich bestürzt. Dann gibt er zu, dass er auch Blasrohre verkauft. „Diese sogenannten Blow Guns fallen aber unter das Waffengesetz, der Verkauf ist eigentlich illegal", gesteht er.
„Wissen Sie, wem Sie diese Blow Gun verkauft haben?", forschst du nach.
Der dünne Mann denkt lange nach, dann meint er: „Ein junger Typ eben. Dein Alter etwa. Hat ständig von Fußball geredet …"
Dein Puls beschleunigt sich. „Von Fußball?"
„Ja, von irgendeinem wichtigen Turnier."
Dir wird heiß. Ist etwa euer Turnier gemeint, ist der Täter womöglich ein Spieler aus einer gegnerischen Mannschaft?
„Wie sah der Käufer aus?", fragst du.
Der Mann zuckt nur mit den Schultern. „Das weiß ich wirklich nicht mehr. Aber halt: Er hatte ein Tattoo auf der linken Wade. Einen Skorpion, glaube ich."
Du bedankst dich und verlässt den Laden.

**Wenn du jetzt zur Polizei gehst,
lies weiter auf Seite 81**

**Wenn du allein weiterermittelst,
lies weiter auf Seite 96**

Du willst spielen, nicht labern.
„Jetzt nicht. Vielleicht ein anderes Mal", schreibst du zurück. Noch am selben Abend sollst du dein Achtelfinale bestreiten. Vorher bekommst du mit, dass viel Geld auf den Ausgang der Achtelfinale gesetzt wird.
Auch du wirst aufgefordert, Geld zu setzen. Es werden sehr gute Quoten versprochen. Du kannst auf den Ausgang der anderen Achtelfinale wetten. Nur dein eigenes Match ist davon ausgenommen.

**Wenn du Geld setzt,
lies weiter auf Seite** 87

**Wenn du kein Geld setzt,
lies weiter auf Seite** 114

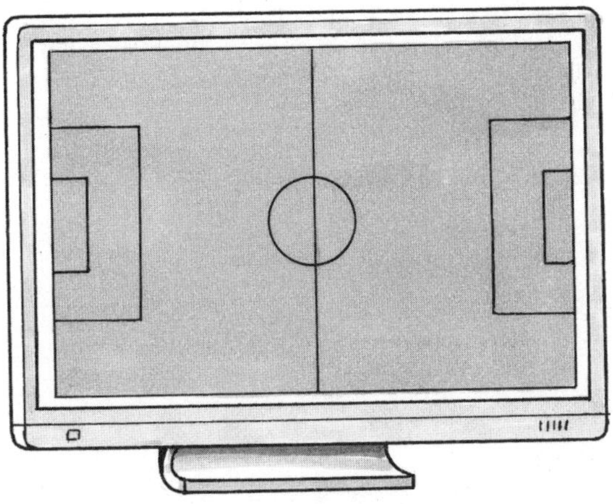

Nach einer langen Busfahrt seid ihr endlich in einer Jugendherberge in Paris angekommen! Eiffelturm, Louvre oder die Avenue des Champs-Élysées mit dem Arc de Triomphe – es gibt so viele Sehenswürdigkeiten in Paris. Aber die stehen am ersten Tag nach eurer Ankunft nicht auf dem Programm, sondern knallhartes Training. Denn bereits morgen habt ihr das erste Match, und das solltet ihr gewinnen.
Trainer Claus jagt euch über den Platz.
„Wieso schwitzt ihr nicht?“, bellt er. „Wem in den nächsten fünf Minuten nicht die Brühe übers Gesicht läuft, der macht hundert Liegestütze!“
Du gibst alles, denn insgeheim hoffst du, dass der Trainer doch noch seine Meinung und die Startformation ändert. Du möchtest unbedingt morgen von Anfang an dabei sein und nicht auf der Ersatzbank sitzen!
Doch Claus honoriert deinen Trainingseifer allenfalls mit einem knappen Kopfnicken. Denn auch die anderen sind mit Feuereifer dabei. Marco zum Beispiel, der sich beim abschließenden Trainingsspiel über die rüden Attacken von Phil beschwert.
„Der tritt wie ein Pferd“, jammert er.
„Heul doch“, lacht Phil.

Lies weiter auf Seite 12

Du gibst den geheimnisvollen Link ein und gelangst auf eine Homepage.

Sorgsam liest du, was dort steht, und begreifst allmählich, wie das Ganze funktioniert. Gegen eine Startgebühr von eintausend Euro kannst du dich mit einem Onlineteam anmelden und gegen andere Spieler auf der ganzen Welt antreten. Pro Sieg bekommt dein Team Punkte. Deine Entwicklung können alle Spieler sehen – aber auch diejenigen, die gar nicht selbst spielen, sondern nur Geld setzen wollen.

Klar, je mehr Punkte ein Team hat, umso mehr Geld wird auf diese Mannschaft gesetzt.

Wenn du die tausend Euro investierst,
lies weiter auf Seite **30**

Wenn dir das zu viel Geld ist,
lies weiter auf Seite **42**

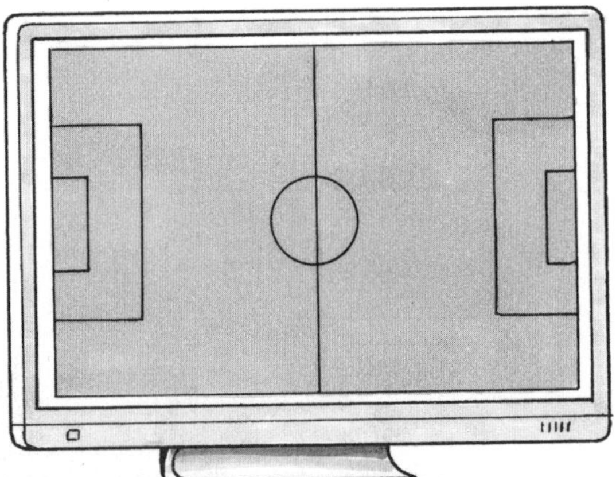

Mit Phil spielst du in der Jugendherberge eine Runde Kicker. Leider schlägt Phil dich haushoch.
Später kommen zwei junge Spieler aus Belgien zu euch. Auch sie nehmen mit ihrem Team an dem Turnier teil und schlafen ebenfalls in der Jugendherberge.
Ihr unterhaltet euch mit den beiden in einer Mischung aus Deutsch, Englisch und Französisch. Die beiden Belgier sind total nett und ihr freundet euch ein wenig mit ihnen an. Schließlich fragen sie, ob Phil und du noch mit zu einer bestimmten Brücke kommen wollt. Dort soll heute Abend ein spannendes Streetsoccer-Turnier stattfinden.
Phil ist unschlüssig und schaut dich fragend an.

**Wenn du lieber ins Bett gehst,
weil morgen das erste wichtige Spiel ansteht,
lies weiter auf Seite** **34**

**Wenn du zu dem Turnier gehst,
lies weiter auf Seite** **104**

„Lassen Sie mich in Ruhe, ich bin kein Betrüger!", sagst du. „Das wirst du noch bereuen, Megakicker", sagt der andere mit drohendem Unterton.
Du beendest das Gespräch und spielst weiter – und das mit Erfolg. Eine deiner Spezialitäten sind diese wundervoll angeschnittenen Flanken, die du fast von der Torauslinie schießt. Du lässt deinen Mittelstürmer hochspringen und rammst die Kugel mit dem Schädel ins Netz. Yes! Das ist deine Wunderwaffe. Aber auch deine Freistöße haben es in sich. Entweder tippst du die Kugel nur leicht an und lässt von hinten einen schussgewaltigen Verteidiger ran, oder du lupfst den Ball über die Mauer in den Strafraum zu deinem flinken Außenstürmer, der blitzsauber abschließt.

Mann, bist du in Form! Dieser Strike hat keine Chance. 5:0 gewinnst du. Morgen geht es mit dem Viertelfinale weiter. Du bist erneut haushoher Favorit.
Als du von der Schule nach Hause kommst, findest du einen an dich adressierten Drohbrief: „He, Megakicker, ich habe dich im Auge. Du solltest besser auswandern – oder das Viertelfinale absichtlich verlieren …"
Ab in den Müll damit. Du willst weitermachen und fair gewinnen – oder eben ausscheiden.

Lies weiter auf Seite 93

Du rufst per Handy einen Krankenwagen und sagst natürlich auch eurem Trainer Claus Bescheid.
Kurz darauf ist die komplette Mannschaft bei Marco.
Claus leistet Erste Hilfe. Nur Minuten später sind auch ein Arzt und zwei Sanitäter da.
Marco wird in ein Krankenhaus gebracht. Claus begleitet ihn.

Zwei Stunden später gibt es eine Krisensitzung eures Teams. Claus berichtet, dass Marco operiert werden muss. Ihr seid alle total traurig.
„Dennoch, es muss weitergehen", sagt Claus. „Das ist bestimmt auch in Marcos Sinne. Für Marco wird Tom ins Sturmzentrum rücken."
Du fühlst dich einerseits geehrt. Andererseits sind die Umstände, wie du an den Stammplatz gekommen bist, alles andere als ideal.
„Gibt es schon eine Spur des Täters?", fragst du.
Claus schüttelt den Kopf. „Nein."
„Das fragt der Richtige", sagt plötzlich Benjamin und schaut dich böse an. „Vielleicht steckst du ja hinter dem Anschlag …"
„Wie kommst du denn darauf?", braust du auf.
„Du warst als Erster bei ihm. Also warst du in der Nähe, als der Schuss fiel", sagt Benjamin. „Außerdem hast du ein Motiv: Fällt Marco aus, kommst du zum Zug."

Lies weiter auf Seite 37

„Gut erkannt, ich bin Polizist", sagst du. „Von der neuen Fahrradstaffel. Und wenn ihr nicht gleich Platz macht, werde ich euch und eure Freunde verhaften."
Du ziehst dein Handy. „Ein Tastendruck, und meine Kollegen sind da. Verlasst euch drauf. Und noch etwas: Einen Polizisten zu duzen, kommt einer Beamtenbeleidigung gleich. Das kann teuer werden."
Die beiden Typen wirken einen Moment lang unschlüssig. Doch dann räumen sie das Feld.
Das tust du auch. Nach dieser Begegnung traust du dich nie mehr in das Gewerbegebiet – jedenfalls nicht so spätabends …

Ende

Du holst dein Portemonnaie hervor und lenkst damit die Aufmerksamkeit des Räubertrios auf dich.
Darauf hat Phil, genannt die „Axt“, nur gewartet. Der bärenstarke Verteidiger packt zwei der Täter an den Köpfen und donnert sie gegeneinander. Die beiden fallen um wie frisch gefällte Pappeln.
Der Dritte ergreift augenblicklich die Flucht. Doch Phil lässt nicht locker. Er verfolgt den Kerl, holt ihn ein und setzt zu seiner berüchtigten Grätsche an.
Bäng, Volltreffer! Phil erwischt den Räuber am rechten Knöchel. Der Kerl hebt ab und knallt aufs harte Pflaster. Sofort ist Phil über ihm und hält ihn fest.
„Ruf die Polizei!“, brüllt er dir zu.
„Schon erledigt“, erwiderst du.
Kurz darauf kommt ein Streifenwagen und sammelt die Täter ein. Euch beglückwünscht man. Auch in eurem Team seid ihr ab sofort die Helden. Während des Turniers, das ihr am Ende gewinnt, kommst du immerhin zu ein paar Kurzeinsätzen und schießt sogar ein Tor!

Ende

Was für ein Schuss! Du knallst den Ball genau ins Tor – und das aus gut dreißig Metern.
„Wow, das war nicht schlecht!“, loben die Blacks. „Aber bestimmt reiner Zufall.“
„Nein“, sagst du cool.
Die Blacks überlegen einen Moment. Dann meint einer von ihnen mit einem hinterhältigen Lächeln: „Okay, dann mach das noch mal. Aber auf unserem Platz.“
Er deutet auf den düsteren Bereich hinter dem Zaun.
Du schluckst. Die Typen sind ja echt cool, wirken aber auch reichlich bedrohlich.
Hm, du könntest jetzt gemütlich zu Hause vor dem PC sitzen und ein Onlinespiel machen – zum Beispiel Soccer2016.

**Wenn du nach Hause fährst,
um Soccer2016 zu spielen,
lies weiter auf Seite 14**

**Wenn du mitgehst,
lies weiter auf Seite 61**

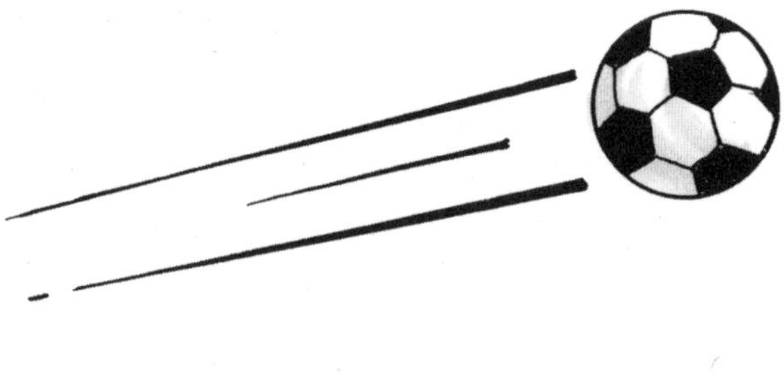

Wie ein scheuendes Pferd keilst du aus, und ein Schmerzensschrei ertönt. Aber natürlich entdeckt man dich.
Du wirst gepackt und von den Blacks zur Rede gestellt. Du stammelst irgendwelche Entschuldigungen und erzählst, dass du halt ein ach so neugieriger Typ wärst und so weiter.
Du hast Glück, die geheimnisvollen Kicker halten dich einfach für einen Spinner und lassen dich laufen. Aber sie schärfen dir ein, ihnen nie wieder hinterherzuspionieren.
Daran hältst du dich, und so erfährst du nie, was die Blacks am Hafen gemacht haben.
Aber du willst es auch gar nicht mehr wissen – du bist einfach froh, aus diesem Abenteuer mit heiler Haut herausgekommen zu sein.

Ende

O Mann, das tut richtig weh. Mit zitternden Fingern überweist du online die tausend Euro.
Aber du willst das Risiko eingehen. Schließlich bist du ein guter Spieler.
So, jetzt kannst du dich einloggen. Wow, das ist megaspannend! Auf dem Bildschirm erscheint ein goldener Pokal und aus den Boxen erklingt eine Hymne.
Du nimmst an einem Turnier mit acht Gruppen von A bis H teil. Jede Gruppe besteht aus vier Teams. Innerhalb der Gruppen spielt zunächst jede Mannschaft gegen jede. In dieser Vorrunde hast du also drei Spiele. Die beiden besten Teams qualifizieren sich fürs Achtelfinale. Ab hier geht es im K.-o.-Modus weiter. Wer den Titel holt, der soll fünftausend Euro bekommen!

Du nennst dein Team „Megakicker". Schon hast du dein erstes Spiel in deiner Gruppe D, das du ganz locker mit 4:1 gewinnst. Auch in den beiden anderen Vorrundenspielen siegst du. Du stehst im Achtelfinale!
Plötzlich erhältst du eine Chatnachricht von deinem letzten Gegner: „Wir sollten uns mal unterhalten. Gruß, Digger"

Wenn du keine Lust auf Chatten hast, lies weiter auf Seite 19

Wenn du dich mit diesem Digger unterhältst, lies weiter auf Seite 32

SCORE
4 : 1

„Hi, was gibt's?", fragst du Digger, der sich ebenfalls fürs Achtelfinale qualifiziert hat. Er wurde hinter dir Zweiter in der Gruppe D.
„Mir ist da etwas Komisches bei diesem Turnier aufgefallen", schreibt Digger.
„Was denn?"
„Ich glaube, es geht da nicht mit rechten Dingen zu", erwidert er. „Aber ich habe Angst, hier zu schreiben. Das kann man bestimmt mitlesen … Sollen wir uns mal treffen?"

Wenn du dich mit Digger triffst, lies weiter auf Seite 57

Wenn du keine Lust auf ein Treffen hast, lies weiter auf Seite 99

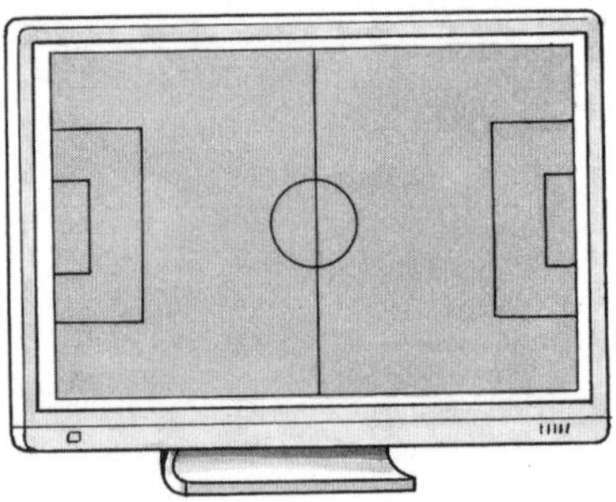

Großartige Idee von dir – theoretisch. Doch praktisch ist sie leider völliger Murks. Du setzt den Lupfer nämlich viel zu tief an und triffst die Stirn des Gegenspielers. Der nimmt die Einladung gerne an, köpft den Ball nach vorn, flitzt an dir vorbei, spielt ab zu seinem Partner – und schon wieder kassiert ihr ein Gegentor.
„Mann, pass doch auf!", raunzt Phil dich völlig zu Recht an.
Wieder habt ihr Anstoß. Nach deinem Fehler bist du völlig verunsichert, dir gelingt überhaupt nichts mehr und ihr verliert das Match sang- und klanglos mit 0:5.
Damit fliegt ihr schon früh aus dem Turnier, euer Geld ist futsch!

Ende

Endlich, das Turnier beginnt! Die Vorfreude in deinem Team ist riesig. Deine eigene Vorfreude hält sich allerdings in Grenzen, schließlich sitzt du nur auf der Bank.
Von dort schaust du zu, wie deine Mannschaft das erste Spiel bestreitet. Marco gelingen gleich zwei Treffer, und daher sieht der Trainer keinen Grund, dich einzuwechseln. Am Ende steht es 3:0 für euer Team. Marco wird von allen beglückwünscht. Alle sind auf ihn fixiert, und das ärgert dich. Schließlich hat auch dein Freund Phil ein gutes Spiel gemacht. Aber er hat kein Tor geschossen.
Anschließend schaust du einem anderen Team zu. Es heißt Trick-Olore, stammt aus Paris und ist einfach hervorragend. Allerdings spielen diese Kicker sehr unfair. Ständig provozieren sie ihre Gegner und lassen sich auch schon mal fallen, um einen Freistoß oder sogar einen Elfer zu schinden. Außerdem versuchen sie ständig, den Schiedsrichter einzuschüchtern. Als sich wieder eine Trick-Olore-Traube um den armen Schiri bildet, brüllst du vom Seitenrand: „Lasst den Quatsch, spielt lieber Fußball, ihr Pfeifen!"
Sofort kommen die Spieler auf dich zu und bauen sich drohend vor dir auf: „Was hast du gesagt?"

**Wenn du wiederholst, was du gesagt hast,
lies weiter auf Seite** 46

**Wenn du lieber schweigst,
lies weiter auf Seite** 90

Du legst einen sensationellen Sprint hin und quetschst dich noch durch die bereits halb geschlossenen Türen in den letzten Waggon. Nach Atem ringend siehst du dich um. Keine Spur von einem jungen Typ in einem roten T-Shirt.
Wo ist er?
Du schiebst dich nach vorn und schaust dich genau um. Der Zug ist sehr voll.
Vermutlich ist der Attentäter auch auf dem Weg nach vorn!
Hat er etwa bemerkt, dass er verfolgt wird?
Jetzt wird der Zug langsamer und hält an. Du kämpfst dich zum Ausgang, die Türen gleiten zu Seite und du schaust auf den Bahnsteig.
Zack, in diesem Moment bekommst du einen heftigen Schlag verpasst, der dich ins Innere des Waggons katapultiert.
Der Täter hat dir einen Kinnhaken verpasst.
Du gehst zu Boden. Man hilft dir auf, während die Türen sich wieder schließen.
Der Zug ruckt an und du weißt: Du hast die Spur des Täters verloren!

Ende

„Seht, was ich gefunden habe!“, rufst du aufgeregt, sobald du dein Team in der Jugendherberge erreicht hast.
„Das ist ein Fall für die Polizei“, entscheidet der Trainer.
Kurz darauf kommen zwei Beamte in euer Quartier, unterhalten sich mit dir und den anderen. Dann gehen sie mit der Waffe. Das Blasrohr werde im Labor auf Spuren untersucht, heißt es.
Tags darauf müsst ihr noch vor eurem ersten Spiel alle aufs Revier kommen. Dort werden euch die Fingerabdrücke genommen.
Dann sollt ihr warten.
Schließlich holt man dich zu einem Einzelgespräch ins Büro der Ermittler.
„Wir haben Fingerabdrücke an der Waffe gefunden“, berichtet einer der Beamten.
„Super!“, freust du dich. „Die werden den Täter überführen.“
Der Beamte schaut dich mit einem seltsamen Lächeln an. „Gut möglich. Das kommt darauf an, wie gut du kooperierst.“
Du fällst aus allen Wolken. „Wieso ich?“
„Es sind nur deine Abdrücke auf dem Blasrohr …“
Du schlägst dir mit der flachen Hand vor den Kopf. Wie konntest du nur so dumm sein, die Waffe anzufassen?

Ende

„Das ist eine Riesenschweinerei von dir, so etwas zu behaupten!“, schreist du außer dir vor Wut. Du stehst auf und ballst die Fäuste. „Du lügst doch – oder hast du etwa einen einzigen Beweis?“

„Da braucht's keine Beweise, die Fakten sprechen für sich“, erwidert Benjamin, der ebenfalls aufgestanden ist.

„Aufhören“, geht euer Trainer dazwischen. „Setzt euch beide wieder hin. Das bringt uns nicht weiter. Wir sind ein Team und werden auch so auftreten. Wenn ihr das nicht begreift, schließe ich euch beide aus der Mannschaft aus.“

Widerwillig gehorcht ihr.

Claus lenkt das Gespräch jetzt auf die Partie, die morgen ansteht. Aber du bist nicht bei der Sache. Der ungeheure Vorwurf belastet dich.

**Wenn du versuchst,
den wahren Täter zu finden,
lies weiter auf Seite 48**

**Wenn du dich auf
die nächste Partie konzentrierst,
lies weiter auf Seite 115**

Du schiebst das Bike zurück, drehst es um, springst auf und trittst wie verrückt in die Pedale.
„Der holt die Polizei, wetten?", hörst du einen der Blacks rufen.
„Stopp ihn", rät der andere.
O nein!, denkst du und beugst dich dicht über den Lenker.
Ein hastiger Blick über die Schulter. Der Mann mit dem Messer hat die Waffe gehoben, doch er wirft sie nicht. Die Wahrscheinlichkeit, dass er dich auf dem Fahrrad trifft, ist auch sehr gering.
In neuer Bestzeit schießt du die Straße hinunter und radelst zur nächsten Polizeistation. Du zeigst die Blacks an – immerhin haben sie dich ohne Grund mit einem Messer bedroht.
Die Beamten nehmen die Sache sehr ernst und schicken eine Streife ins Gewerbegebiet. Doch die Blacks haben sich schon verkrümelt.
Du hörst nie wieder etwas von ihnen – aber immerhin hast du das gefährliche Treffen mit den Typen heil überstanden.

Ende

Gebannt schaust du auf Marco und die Gestalt. Unvermittelt hebt der Unbekannte den länglichen Gegenstand und setzt ihn an die Lippen.
Ist das etwa … ein Blasrohr?, durchfährt es dich voller Panik. Du willst Marco nun doch noch warnen, doch es ist zu spät. Ein Plopp ist zu hören, dann saust etwas auf den Stürmer zu und trifft ihn im Oberschenkel!
Marco schreit auf und hält sich das Bein. Gleichzeitig verschwindet der hinterhältige Angreifer.
Du rennst zu Marco. Er schaut dich mit Tränen in den Augen an und deutet auf sein Bein, in dem ein kurzer grüner Pfeil steckt.
„O Gott, sieh dir das an!", schreit Marco. „Jemand hat auf mich geschossen. Jetzt kann ich das Turnier abhaken!"
„Wichtiger ist, dass du in ein Krankenhaus kommst. Ich kümmere mich darum!", erwiderst du und willst loslaufen.
„Nein, schnapp den Kerl, der mit das angetan hat, ich rufe um Hilfe", meint Marco.

Wenn du Hilfe holst,
lies weiter auf Seite **25**

Wenn du den Attentäter verfolgst,
lies weiter auf Seite **77**

Ihr beobachtet die Spieler auf dem Feld. Die einen tragen rote T-Shirts, die anderen grüne.
„Ich glaube, die beiden mit den roten Klamotten sind besser drauf“, sagst du.
„Schätze ich auch“, meint Phil.
Vorsichtig, wie ihr nun einmal seid, setzt ihr nur zehn Euro auf die Roten. Der Mann, der die Wetteinsätze kassiert, schaut euch an, als hättet ihr einen schweren Dachschaden.
Dann beginnt das Spiel – und ihr traut euren Augen nicht.
Das Ganze hat mit Fußball nichts zu tun. Es ist ein wüstes Getrete. Sobald jemand den Ball hat, versuchen die Gegenspieler, ihn rüde zu foulen.
„Dagegen ist ja Rugby harmlos!“, murmelst du.
Kein Schiedsrichter greift ein – und das Publikum ist von dieser Schlacht begeistert.
Euch widert diese Form des „Fußballs“ jedoch nur an.
Die Roten verlieren, euer Geld ist weg – aber das ist euch egal. Ihr wollt nur weg von diesem Ort. Einem Ort, an dem die Werte des Sports buchstäblich mit Füßen getreten werden. Wie gut, dass ihr nicht selbst mitgespielt habt!

Ende

„Pfoten weg! Das ist unser Ball!“, wirst du angeblafft. Schon kommen fünf junge Männer herbei und umzingeln dich. Alle tragen schwarze Klamotten. Das müssen die Blacks sein.

„Schon gut, entspannt euch mal“, sagst du und versuchst, cool zu klingen. „Ich wollte euch doch nur den Ball rüberkicken.“
„Kannst du das überhaupt?“, fragt einer der Typen höhnisch. Er ist sehr groß und hat rote Haare.
„Klar, ich spiele schon seit ein paar Jahren Fußball.“
Der Rothaarige zuckt mit den Schultern. „Das heißt nicht viel. Manche lernen es nie, auch wenn sie jeden Tag vierundzwanzig Stunden trainieren.“
Seine Freunde lachen.
Du hast immer noch den Ball in den Händen. Schräg hinter den Blacks siehst du die beiden Stangen. Ob du das Tor aus etwa dreißig Meter Entfernung treffen würdest?

**Wenn du versuchst,
den Blacks zu imponieren,
und auf das Tor schießt,
lies weiter auf Seite** **28**

**Wenn du nicht schießt,
weil dir das Risiko einer Blamage zu hoch ist,
lies weiter auf Seite** **105**

Du hast gerade mal eintausend Euro auf dem Konto. Das Geld hast du zur Konfirmation bekommen, und das wäre jetzt mit einem Mal bei irgendeinem Typen auf dem Konto …
Das ist dir einfach nicht so ganz geheuer. Du fragst dich zudem, ob das Ganze wirklich seriös ist.
Was ist, wenn sich der Kerl das Geld einfach unter den Nagel reißt und du gar nicht spielen darfst? Was ist, wenn das Ganze ein großer Betrug ist? Solche Abzockereien gibt es doch immer wieder im Internet.
Nein, das lässt du lieber und spielst wie immer gegen deine Freunde – ohne finanzielles Risiko.

Ende

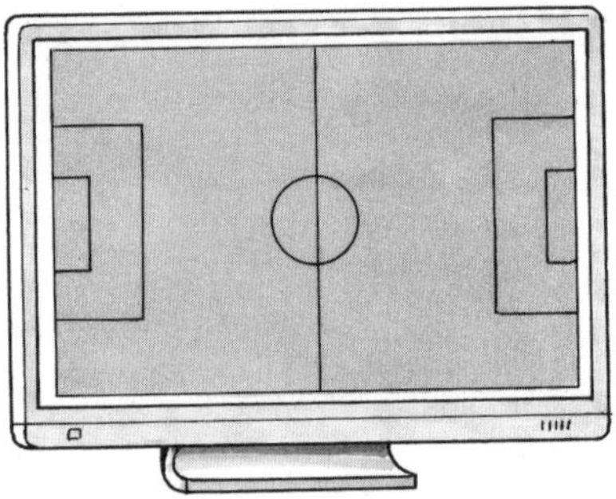

„Lass mich bloß in Ruhe“, schnaubt er „Das war kein Elfer.“
„Haha“, lachst du. „Das hat doch jeder gesehen. Nur du nicht, du Blinder! Wahrscheinlich hast du Geld von Trick-Olore genommen!“
Jetzt reicht es dem Schiri. Er geht zur Turnierleitung und beschwert sich über dich. Die Folge: Wegen mehrfacher Schiedsrichterbeleidung wirst du für das gesamte Turnier gesperrt!
Du kannst es nicht fassen, denn du hast doch nur die Wahrheit gesagt! Aber die Turnierleitung lässt sich nicht mehr umstimmen. Hättest du doch nur den Schnabel gehalten …

Ende

„Ach Quatsch, die tun uns schon nichts“, hoffst du und schiebst dich mit deinem Kumpel nach vorn.
Auf dem Spielfeld stehen sich zwei Teams mit je nur zwei Spielern gegenüber. Sie geben sich ganz lässig und zeigen ein paar Kunststückchen mit den Bällen. Gleich soll das Spiel beginnen.
„He, wollt ihr nur glotzen oder auch mitspielen?“, werdet ihr von einem Mann gefragt, der ein Bündel Geldscheine in der einen und eine Zigarette in der anderen Hand hat. „Mitmachen kostet Kohle. Hundert Euro für jeden von euch. Doch dafür gibt es auch fette Prämien für die Sieger. Ihr könnt aber auch nur Geld setzen.“
Phil schaut dich unschlüssig an.

Wenn du nur zuschauen und Wetten abgeben möchtest, lies weiter auf Seite 40

Wenn du mitspielen möchtest, lies weiter auf Seite 71

„Ihr sollt kicken, nicht diskutieren", sagst du. „Das ständige Gelaber habt ihr doch gar nicht nötig."
Der Mannschaftskapitän, ein riesiger Kerl mit breiten Schultern, funkelt dich an. „Kümmere dich um deinen eigenen Kram, Kleiner. Ab jetzt habe ich dich im Blick. Pass auf, was du sagst …"
Dann wendet er sich ab und das Spiel geht weiter. Ohne Probleme behält Trick-Olore die Oberhand, gewinnt mit 6:1.
Bei der Auslosung der nächsten Spiele habt ihr Glück: Ihr braucht nicht gegen diesen Gegner anzutreten. Trick-Olore gewinnt jedes Spiel ganz glatt, ihr aber auch (auch wenn du nicht eingesetzt wirst).
Dir fällt auf, dass man euch beobachtet. Ein Späher von Trick-Olore ist immer da und macht sich Notizen. Das Team scheint mitbekommen zu haben, dass ihr auch sehr gut seid. Alles deutet darauf hin, dass eure Teams im Finale aufeinandertreffen werden.
So ist es auch. Jetzt sind natürlich alle heiß drauf, den Pott zu holen. Vor allem euer Trainer Claus ist völlig aus dem Häuschen. Am Vorabend schickt er euch alle ganz früh ins Bett, damit ihr fit seid. Doch an Schlaf ist nicht zu denken.
Vor euren Fenstern versammeln sich die Fans von Trick-Olore und machen mit einem Gettoblaster so richtig Party.

Wenn du dich bei den Trick-Olore-Fans beschwerst, lies weiter auf Seite 62

Wenn du dich nicht beschwerst, lies weiter auf Seite 103

Minuten verstreichen. Immer wieder hörst du Stimmen. Gemurmelte Worte, mehr nicht. Du verstehst nicht, was gesagt wird.
Dann gerät die Plane über dir in Bewegung.
O Gott, man wird das Ding doch nicht wegziehen? Dann bist du geliefert! Definitiv!
Du machst dich ganz klein, wartest mit hämmerndem Puls.
Doch die Plane wird nur ein wenig angehoben. Eine Hand schiebt sich darunter und berührt deinen Knöchel …

Wenn du zutrittst,
lies weiter auf Seite **29**

Wenn du abwartest,
lies weiter auf Seite **106**

Nach der Besprechung überlegst du, wie du vorgehen könntest. Was machen Kommissare, wenn sie nicht weiterwissen? Richtig, sie gehen zum Tatort. Genau das tust du auch.
Erst einmal findest du nichts.
Dann gehst du den Weg ab, den der Täter nach dem Attentat gewählt hat.
Plötzlich werden deine Augen groß. Was steckt denn da in dem Mülleimer neben der Parkbank? Ein länglicher Gegenstand …
Du fischst ihn aus dem Müll.
Bingo, das ist ein Blasrohr!
Du schaust es dir genauer an und entdeckst ein Preisschild mit dem Namen des Geschäfts, in dem die Waffe gekauft wurde.

Wenn du mit dem Fund zu Claus und den anderen läufst, lies weiter auf Seite 36

Wenn du zu diesem Laden gehst, lies weiter auf Seite 67

Nach dem Training nimmst du Benjamin zur Seite und bittest ihn um ein Gespräch unter vier Augen.
Er willigt ein. Eine Stunde später spaziert ihr über eine der Brücken an der Seine. Ihr seid allein.
Du konfrontierst Benjamin mit deinem Verdacht. Unumwunden gibt er zu, Marco verletzt zu haben.
„Ich will seinen Platz im Team, ich will an seiner Stelle stürmen", sagt er.
Du bist fassungslos, du bist entsetzt. Wie kann man nur so brutal sein? Und warum gibt Benjamin das so einfach zu?
Plötzlich wird dir mulmig zumute.
Benjamin bleibt stehen und schaut sich prüfend um. Niemand zu sehen. Ihr seid immer noch allein.
„Tja, jetzt kennst du die Wahrheit", meint er tonlos. „Aber ich muss auch dich noch ausschalten. Denn du bist ebenfalls Stürmer. Außerdem weißt du zu viel."
Du willst weglaufen, doch Benjamin ist schneller und stößt dich über das Brückengeländer in die Tiefe.

Ende

Völlig erschöpft erreichst du dein Zuhause, stellst dein Fahrrad ab und ziehst den Haustürschlüssel hervor.
Als du ihn ins Schloss stecken willst, legt sich eine Hand auf deine Schulter.
„Warum so eilig?"
Du wirbelst herum.
Es ist einer der Blacks! Er zieht dich von der Tür weg und versucht, dich zu dem Kleintransporter zu treiben.
„Wir lassen uns nicht von einem Heini wie dir auf der Nase herumtanzen", grollt er dabei.
O Gott, du hast die gar nicht abgehängt!
„Einsteigen!", wirst du angeherrscht. Die Hecktüren des Transporters schwingen auf. Im Inneren siehst du zwei Dobermänner, die ihre Lefzen hochziehen.

**Wenn du gehorchst,
lies weiter auf Seite** **60**

**Wenn du zu fliehen versuchst,
lies weiter auf Seite** **94**

Anstoß für euch. Phil hat den Ball. Er kickt ihn zu dir. Eure Gegner warten ab, belauern euch.
Du überlegst. Wenn du einen der Typen ausspielst, wird er dich sofort wieder foulen. Die Folgen sind vermutlich Ballverlust und das nächste Gegentor.
Also musst du einen gewissen Sicherheitsabstand zu den Gegnern halten.

**Wenn du den Ball
über deinen Gegner lupfen willst,
um ihn blitzschnell zu umkurven,
lies weiter auf Seite** 33

**Wenn du einen weiten hohen Ball
auf Phil spielst,
lies weiter auf Seite** 63

Du drehst dich um und siehst Phil, einen knallharten Verteidiger mit dem Spitznamen „die Axt". Er ist dein bester Kumpel. Davon hast du nicht viele in der Mannschaft. Überhaupt ist das Klima im Team nicht besonders. Ihr seid eine Zweckgemeinschaft von höchst talentierten Kickern. Aber elf Freunde seid ihr sicher nicht. Deshalb ist dir der gute Draht zu Phil auch besonders wichtig.

Er kommt zu dir und haut dir auf die Schulter. „Na, alles klar?"

„Nein", gibst du zu. „Ich habe Angst davor, beim Turnier auf der Bank zu verschimmeln."

„Ach, du doch nicht", lacht Phil. „Claus stellt dich schon auf. Von der ersten Minute an – du wirst sehen. Und abends ziehen wir beide durch Paris. Das wird cool!"

Zusammen geht ihr ins Haus.

Claus und die anderen Spieler erwarten euch schon. Zuerst geht es um organisatorische Details – um die Fahrt und die Unterkunft in Paris.

Doch dann kommt endlich das Hauptthema.

„Wir haben es mit starken Gegnern zu tun, die sehr gute Stürmer haben", sagt Claus. „Daher wird viel von unserer Abwehr abhängen."

Phil grinst dich an. Dann meint er zum Trainer: „Du kannst dich auf uns verlassen. Wir grätschen alle Gegner weg!"

Lies weiter auf Seite 9

Du bist Fußballer und kein Stuntman.
„Tja, Leute, dann bin ich raus", sagst du zu Jason und den anderen Blacks. „Ich muss niemanden mit einer Mutprobe beweisen, dass ich cool bin."
Jason schaut dich lange an. „Eine starke Antwort. Aber wir haben unsere eigenen Gesetze. Ich hoffe, wir sehen uns irgendwann mal wieder. Das würde mich freuen."
Du gibst ihm und den anderen die Hand. Dann fährst du nachdenklich nach Hause.
Schade, dass du kein Mitglied der Blacks geworden bist. Aber diesen Abend und dieses Match wirst du nicht vergessen.
Jason und seine Freunde siehst du nie wieder.
Aber die Erinnerung, die bleibt.

Ende

Die Spieler von Trick-Olore beginnen. Der erste Schütze trifft sicher. Dann ist Phil dran. Auch er verwandelt, ebenso kurz darauf Marco.

Beim Stand von 4:4 ist wieder einer eurer Gegner an der Reihe – er knallt den Ball an die Latte!

Und jetzt kommst du. Allen ist klar: Wenn du triffst, habt ihr gewonnen und der Pokal gehört euch …

Was für ein Druck auf deinen Schultern.

Phil klopft dir auf die Schulter: „Du packst das."

Auch die anderen aus deinem Team sprechen dir Mut zu – sogar Marco.

Du straffst die Schultern, legst den Ball auf den Punkt.

Der Torwart macht irgendwelche Faxen, hampelt herum. Er will dich irritieren.

Du beachtest ihn nicht. Du hörst nicht die Pfiffe der Zuschauer, die für eure Gegner sind. Du hörst nicht die aufmunternden Rufe deiner Mitspieler.

Du bist völlig konzentriert auf diesen einen Schuss.

Du läufst an, hebst kurz vor dem Schuss den Kopf und schielst auf die linke Ecke. Prompt macht der Keeper einen Schritt in diese Richtung. Dann schießt du. Nein, du schießt nicht, du streichelst den Ball. In einem sanften Bogen fliegt die Kugel in den rechten Winkel. Tor! Ihr habt gewonnen. Dank dir!

Ende

Du ziehst Phil auf die Tanzfläche.
„He, was soll das? Ich habe Durst“, mault er.
„Lieber nicht“, sagst du zu ihm und erläuterst ihm deinen Verdacht.
Phil glaubt zwar, dass du maßlos übertreibst, aber auch er ist der Meinung, dass man nicht vorsichtig genug sein kann.
Es wird ein toller Abend. Ihr lernt eine Menge Leute kennen und habt sehr viel Spaß.
Mit dem Spaß ist es allerdings vorbei, als ihr morgens um fünf Uhr in die Jugendherberge schleicht. Kurz vor eurem Zimmer dröhnt eine Stimme durch den Flur: „Da seid ihr ja endlich!“

Ach du Schande, das ist Claus, euer Trainer!
Er staucht euch zusammen, weil ihr euch die Nacht um die Ohren geschlagen habt.
„Glaubt ihr, dass dies die richtige Art ist, euch auf das Endspiel vorzubereiten?“, fragt er.
Ihr schaut zu Boden.
„Nein, das ist es ganz sicher nicht“, brüllt Claus. „Und deswegen schmeiße ich euch beide aus dem Team.“
Tags darauf verfolgt ihr den Finalsieg eurer Mannschaft nur als Zuschauer …

Ende

Ihr stellt fest, dass ihr in derselben Großstadt lebt. Sehr praktisch. Ihr trefft euch in einer Eisdiele.
Digger heißt in Wirklichkeit Florian und ist ein großer Typ mit Brille.
Von Anfang an versteht ihr euch prächtig.
Florian erzählt, dass ihm bei dem Turnier ein paar Dinge aufgefallen sind – zum Beispiel, dass auf krasse Außenseiter viel Geld gesetzt wird.
„Und dann gewinnt dieser Außenseiter", sagt er. „Wenn das mal vorkommt, okay. Aber immer wieder … das ist doch seltsam."
„Du meinst, die Spiele werden verschoben?", fragst du ungläubig nach.
„Ja, anders kann ich mir das nicht erklären", erwidert Florian.
„Dann wäre das ein Fall für die Polizei", sagst du. „Eine Polizeistation ist gleich in der Nähe. Lass uns hingehen."
Kurz bevor ihr die Polizeistation erreicht, stellen sich euch zwei Männer mit Sonnenbrillen in den Weg. „Ihr wollt zu uns, nicht wahr?", fragen sie.
„Sind Sie Polizisten?", willst du wissen.
„Richtig, in Zivil", erwidert einer der Männer freundlich.

**Wenn du das glaubst,
lies weiter auf Seite 74**

**Wenn du den Männern misstraust,
lies weiter auf Seite 102**

„Mach keinen Quatsch, gegen die haben wir keine Chance!“, flehst du Phil an.
Widerstrebend hört er auf dich.
Brav liefert ihr die vierzig Euro ab. Dann lässt man euch ziehen.

Ohne weitere Zwischenfälle gelangt ihr zur Jugendherberge. Natürlich seid ihr total wütend wegen des Überfalls. Andererseits seid ihr froh, dass nicht noch mehr passiert ist.

Am nächsten Tag beginnt das Turnier. Du sitzt erwartungsgemäß auf der Bank und schaust zu. Dein Team schlägt sich hervorragend und kommt bis ins Finale. Das wird auch noch gewonnen – aber leider ohne deine Beteiligung.
Tja, wie heißt es so schön: Dabeisein ist alles!

Ende

„Ich bin Tom. Ich liebe Fußball und habe von euch gehört. Ihr sollt ein sehr gutes Team sein. Das hat mich neugierig gemacht", sagst du ganz offen.
„Na toll, Tom", erwidert einer der anderen. „Dann komm mal schön mit."
Plötzlich liegt ein Messer in seiner Hand.

Wenn du versuchst,
dem Mann das Messer aus der Hand zu treten,
lies weiter auf Seite **16**

Wenn du dich umdrehst und fliehst,
lies weiter auf Seite **38**

Mit weichen Knien steigst du in das Fahrzeug zu den beiden Wauwaus.

Erleichtert stellst du fest, dass die Dobermänner ganz lieb sind. Sie wollen nur gestreichelt werden.

Der Wagen rollt mit dir zu einem unbekannten Ziel.

Nach einer Viertelstunde stoppt der Transporter. Man treibt dich in eine große leere Halle. Dort stehen zwei Tore.

„Wir wissen, wer du bist“, sagt einer der Blacks, der sich als Jason vorstellt. „Wir haben dich erkannt. Du bist ein sehr guter Fußballer. Einen wie dich können wir in unserem Team gebrauchen.“

Wie bitte? Die Typen haben dich entführt, weil sie mit dir Fußball spielen wollen?

„Das ist doch nicht euer Ernst, oder?“, fragst du.

„Doch, freiwillig wärst du ja nicht gekommen“, lacht Jason. „Was ist, bist du dabei?“

Du tippst dir an die Stirn. Aber dann machst du ein Testspiel mit den Blacks. Sie haben irre Tricks auf Lager und du bist sehr froh, zu ihrem Team gehören zu dürfen!

Ende

Jetzt stehst du auf dem Platz, umringt von fünf jungen Typen in schwarzen Klamotten.
Vor deinen Füßen liegt der Ball. Torentfernung: etwa fünfundzwanzig Meter.
Grinsend geht einer der Blacks in die Kiste.
Uff, das ist etwas anderes. Vorhin war das Tor leer.
Egal. Du nimmst Anlauf und legst alles in diesen Schuss. Dabei täuschst du den linken Winkel an, ziehst aber flach nach unten rechts ab. Prompt springt der Torwart in die falsche Ecke. Der Ball klatscht gegen den Pfosten – o nein! – und von dort ins Tor – o ja!
Die Blacks klatschen. Dann fordern sie dich auf, mit ihnen zu spielen. Du staunst: Die Blacks sind brillante Techniker, sie haben irre viel drauf. Aber auch du verkaufst dich wirklich gut.
„So einen wie dich könnten wir gebrauchen“, sagt Jason, der Anführer der Blacks.
„Echt? Super, ich wäre gern in eurem Team“, meinst du.
„So einfach geht das nicht“, meint Jason. „Wer bei uns mitmachen will, muss sich einer Probe unterziehen. Wir wollen wissen, ob du nicht nur ein cooler Fußballer bist, sondern auch ein cooler Typ.“

Wenn du dich der Probe stellst,
lies weiter auf Seite **8**

Wenn du dich weigerst,
lies weiter auf Seite **53**

Mit Phil gehst du vor die Tür der Jugendherberge und stellst die Typen zur Rede.

„Okay, okay, wir geben ja schon Ruhe“, sagen sie. „Wir hatten einfach nur Lust auf ein bisschen Party. Das macht locker vor so einem wichtigen Finale. Apropos Party: Kommt ihr noch mit in die Disco? Die ist nur zehn Minuten entfernt. Wir haben ein Auto und bringen euch nachher wieder zurück. Nur für eine Stunde. Was meint ihr?“

Phil grinst. „Für eine Stunde? Warum nicht?“

Wenn du nicht mit in die Disco gehst,
lies weiter auf Seite **79**

Wenn du mit in die Disco gehst,
lies weiter auf Seite **84**

Was für eine Maßflanke von dir!
Phil nimmt die Kugel elegant an. Doch schon stellt sich ihm der Gegenspieler in den Weg. Doch Phil rammt ihn mit dem rechten Ellenbogen, sodass der Typ zu Boden geht. Klares Foul, doch wieder gibt es keinen Pfiff. Wenigstens ist der Schiri bei beiden Teams äußerst großzügig, wenn es um Unsportlichkeiten geht. Das Publikum schimpft, doch das scheint ihn nicht zu stören.
Dann zieht Phil ab – wie eine Granate schlägt der Ball im gegnerischen Tor ein. Was für ein hammerartiger Treffer! Der Ausgleich. Jubelnd reißt ihr die Arme hoch.
Anstoß für eure Gegner. Ihr könnt sie jedoch geschickt von eurem Tor fernhalten und ihnen sogar den Ball abluchsen. Diesmal bist du es, der das Tor macht! Bei diesem 2:1 für euch bleibt es, ihr habt das erste Spiel gewonnen und streicht eine Prämie ein. Den Einsatz habt ihr jetzt wieder drin. Super!
„Sollen wir weiterspielen?“, fragt Phil grinsend.

Wenn du nicht weiterspielen möchtest, lies weiter auf Seite 89

Wenn du weiterspielen möchtest, lies weiter auf Seite 110

Grummelnd schaust du weiter zu. Dein Team hat immer noch Pause, Trick-Olore muss aber schon wenig später das zweite Spiel bestreiten.
Heimlich beobachtest du die Spieler, die gerade einen jungen Mann umringen, der das schwarze Trikot der Schiedsrichter trägt.
Was geht da vor?
Du wechselst die Position, aber der Ring um den Schiri ist sehr dicht.
Du schaust dich um. Die Spieler und Schiedsrichter stehen neben dem Vereinsheim …
Über eine Bank und eine Wassertonne kletterst du von allen unbemerkt auf das Flachdach und schiebst dich an den Rand. Jetzt kannst du wunderbar auf die Gruppe hinunterschauen.
Du staunst nicht schlecht. Einer der Trick-Olore-Leute hat ein Bündel Geldscheine in der Hand.
Blitzschnell zückst du dein Handy und beginnst die Szene zu filmen. Bingo: Der Schiri nimmt das Geld an. Schnell löst sich die Gruppe auf.
Dann pfeift dieser Schiri das zweite Spiel von Trick-Olore. Erneut gibt es viele Fehlentscheidungen zugunsten von Trick-Olore. Erwartungsgemäß gewinnt diese Mannschaft, auch dank eines ungerechtfertigten Elfmeters.
Mit deinem kleinen Film kannst du belegen, dass der Schiri bestochen wurde. Trick-Olore wird natürlich ausgeschlossen – und du bist der Held!

Ende

Phil hat bestimmt recht. Das ist dir auch alles nicht geheuer. Also lasst ihr eure belgischen Freunde zurück und fahrt lieber ganz schnell zu eurer Unterkunft.
Doch kurz vor der Metrostation stellen sich euch drei Typen in den Weg.
„So spät noch unterwegs?", fragen sie.
Ihr schweigt, wartet ab.
„Das ist unser Revier", sagt der Wortführer des Trios. „Ihr zahlt eine Weggebühr, sonst knallt es. Wir wollen zwanzig Euro von jedem von euch Pappnasen."
Du schaust zu Phil. Er schüttelt den Kopf und ballt die Fäuste. Offenbar ist er bereit zum Angriff.

**Wenn du es auf einen Kampf ankommen lässt,
lies weiter auf Seite 27**

**Wenn du ihn bremst,
lies weiter auf Seite 58**

Es handelt sich um eine Adresse im Stadtteil Montmartre, dem einstigen Mekka der Schriftsteller und Maler.
Du durchstreifst das Viertel auf dem Hügel, kletterst steile Treppen hoch, verläufst dich im Gewirr der Gassen und fragst schließlich einen der vielen Souvenirhändler nach der Adresse. Schließlich findest du einen kleinen Waffenladen. Durch die staubblinde Scheibe siehst du einige Waffen wie Messer und Schlagstöcke. Doch ein Blasrohr ist nicht in der Auslage.
Vermutlich sind die Dinger verboten, denkst du dir, während du die Tür aufstößt.
Im düsteren Laden hängt Tabakqualm. Hinter dem Tresen lungert ein dünnes Männchen mit Brille herum.
„Sie verkaufen doch auch so etwas, oder?", fragst du und legst das Blasrohr auf den Tresen.
„Nein."
„Doch." Du deutest auf das Preisschild.
Die Augen des Mannes werden schmal. „Bist du ein Spitzel der Bullen?"
Ein Spitzel? Vielleicht gar nicht so dumm … Womöglich kannst du den Kerl ein wenig unter Druck setzen, um die Wahrheit zu erfahren …

Wenn du die Wahrheit sagst,
lies weiter auf Seite **18**

Wenn du dich als Spitzel ausgibst,
lies weiter auf Seite **113**

68

Keine gute Idee. Du sprichst viel zu schlecht Französisch, um den Polizisten erklären zu können, worum es eigentlich geht. Der Täter kann daher in aller Ruhe entkommen, niemand hält ihn an der nächsten Station auf.

Ende

O mein Gott, was für ein Kunstschuss! Der Ball fliegt am Keeper vorbei, er wird lang und länger und … neiiiiiiiiiiiiiiiiiiiin! – prallt gegen den Pfosten und von dort … doch noch ins Tor! Ja!

Dein Team jubelt, du reißt die Arme hoch – dir ist der Ausgleich in allerletzter Sekunde geglückt. Das 2:2! Du bist hier der Held. Du, nicht Marco! Du hast dein Team mit deinem Traumtor in die Verlängerung gerettet.

In dieser Verlängerung passiert nicht mehr viel. Das Match wogt hin und her, niemand gelingt mehr ein Treffer. Also muss das Elfmeterschießen die Entscheidung bringen.

Trainer Claus trommelt euch zusammen. „Wer hat den Mumm, die Elfer zu schießen?“

**Wenn du dir zutraust,
die Elfer zu schießen,
lies weiter auf Seite** **54**

**Wenn du keinen Elfer schießen willst,
lies weiter auf Seite** **92**

Nein, du willst spielen und es allen beweisen.
Tatsächlich sprühst du vor Eifer, und schon in der fünften Spielminute hast du eine Riesenchance: Phil schickt dich mit einem Steilpass auf die Reise und du flitzt auf den gegnerischen Torwart zu. Du schaust noch mal kurz zur Seite, ob du den Ball querlegen kannst – aber niemand ist mitgelaufen. Du siehst nur Benjamins finsteres Gesicht. Da versagen dir die Nerven, und du schießt meilenweit neben das Tor. Trainer Claus und deine Mannschaftskameraden stöhnen auf. Wie konntest du nur?

Weiter geht's. Eure Gegner sind cleverer und liegen bald mit 2:0 in Führung.
Kurz vor der Pause versiebst du die nächste tausendprozentige Chance und nach dem Wiederanpfiff eine weitere.
Das rächt sich, denn eure Kontrahenten nutzen ihre Möglichkeiten und bauen die Führung weiter aus.
Zwar wechselt Claus dich aus und bringt Benjamin, aber es reicht nicht – ihr verliert dieses Spiel und scheidet schon früh aus dem Turnier aus. Wegen dir, du Chancentod!

Ende

„Komm, das riskieren wir. Du bist ein sehr guter Verteidiger und ich hau sie vorn rein“, sagst du zu Phil.
Er ist einverstanden, und ihr zahlt das Startgeld.
Schon geht es los. Euch stehen zwei durchtrainierte Franzosen gegenüber, die euch geringschätzig mustern. Das Publikum johlt und feuert sie an. Offenbar sind die beiden ziemlich beliebt. Du hast die Murmel und tanzt deinen Gegenspieler mit einem hübschen Übersteiger aus. Während du dich noch freust, tritt der Kerl dir von hinten in die Beine. Du stürzt und krachst hart auf den Betonboden. Natürlich rechnest du mit einem Pfiff des Schiris, doch der grinst nur über beide Ohren.
Verdammt, was geht denn hier ab?, fragst du dich, während du dich mühsam aufrappelst. Du siehst, wie die beiden Franzosen den armen Phil schwindelig spielen und den Ball in euer Tor nageln. Wieder gibt es Beifall. Dir wird klar, dass bei diesem Turnier Fairness ein Fremdwort ist. Hier ist Geld im Spiel und es geht nur um den Sieg. Egal wie.

Wenn du weiterkicken möchtest,
lies weiter auf Seite **51**

Wenn du aussteigst,
weil du Angst um deine Gesundheit hast,
lies weiter auf Seite **82**

72

Du schreist um Hilfe.
„Halt die Klappe, Kleiner!“, brüllt dich einer der Gangster an. Doch du denkst gar nicht daran – immerhin steht ihr vor einem Polizeirevier.
Tatsächlich wird ein Fenster geöffnet und ein Uniformierter schaut heraus.
„Die wollen uns kidnappen!“, schreist du.
Da ergreifen die Täter die Flucht, springen in ihr Auto und brausen davon.
Kurz darauf sind ihnen mehrere Streifenwagen auf den Fersen. Die Gangster kommen nicht weit und werden verhaftet. Ihr berichtet, was passiert ist, und der Wettmafia wird dank eurer Hilfe das Handwerk gelegt.
Glückwunsch!

Ende

Unbemerkt versteckst du dich und das Auto fährt los. Du weißt nicht, wohin die Reise geht. Ein sehr komisches Gefühl. Schließlich stoppt der Wagen. Türen schlagen. Du hörst das Gekreische von Möwen. Bist du in einem Hafen gelandet? Mit klopfendem Herzen wartest du. Was sollst du tun? Unter der Plane hervorschlüpfen? Aber was, wenn jemand neben dem Auto steht und dich entdeckt?

Wenn du bleibst, wo du bist,
lies weiter auf Seite 47

Wenn du dich unter der Plane hervorwagst,
lies weiter auf Seite 111

„Wir sollten uns woanders unterhalten“, schlagen die beiden Männer vor. „Wir haben ein spezielles Revier für Betrugsfälle.“

Betrugsfälle? Oh, dann liegt ihr mit eurer Vermutung gar nicht so falsch, denkst du aufgeregt.

Ihr lasst euch zu einem Mittelklassewagen führen und steigt arglos ein.

Kaum sitzt ihr drinnen, bedroht euch einer der Männer mit einer Pistole.

„Danke fürs Mitkommen“, zischt er aggressiv und deutet auf Florian. „Wir haben deinen Chat überwacht, mein Kleiner, und gelesen, wie du deinen Kumpel angeschrieben hast. Mit euren lächerlichen Ermittlungen und Verdächtigungen ist es jetzt vorbei. Wir lassen uns doch nicht von euch ins Handwerk pfuschen!“

Schon braust der Wagen los.

Du schluckst. Ihr seid in die Falle getappt!

Natürlich bringt man euch nicht ins Revier, sondern zu einer Hütte tief im Wald. Dort sperrt man euch ein, bis das Turnier vorbei ist. Erst dann lässt man euch laufen. Natürlich wendet ihr euch an die Polizei – doch die Täter bleiben verschwunden..

Ende

Du lässt den Stein fallen. „Nicht mit mir."
Jason klopft dir auf die Schulter. „Sehr gut", sagt er zu deiner Überraschung. „Wenn du es getan hättest, wärst du raus gewesen. Wir brauchen keine Typen, die Sachen kaputt machen, um sich bei uns einzuschleimen. Wir suchen Leute, die auch mal Nein sagen können, wenn sie es für richtig halten."
Du bist ein wenig verdattert. „Also habe ich die Probe bestanden?"
Jason nickt. „Ja, du gehörst ab jetzt zu den Blacks. Und jetzt lass uns noch eine Runde kicken."
Du bist unendlich froh, zum Team zu gehören.
Tags darauf spielst du wieder mit Jason und den anderen. Am späten Nachmittag meint er: „Wir müssen jetzt noch eine Ladung abliefern."
„Was für eine Ladung?", fragst du.
„Bälle", lautet die lapidare Antwort.
Ihr verfrachtet etwa einhundert Fußbälle in einen Kleintransporter. Dir kommt es so vor, als seien die Bälle schwerer als normal.
Hm, das ist alles reichlich komisch, denkst du.

**Wenn du versuchst,
einen der Bälle aufzuschneiden,
um hineinzuschauen,
lies weiter auf Seite** **91**

**Wenn du nicht versuchst,
in einen der Bälle hineinzuschauen,
lies weiter auf Seite** **112**

„Okay“, sagst du nur und rennst los. Etwa hundert Meter von dir entfernt siehst du die Gestalt, die immer noch die Waffe in der Hand hat. Sie trägt ein rotes T-Shirt. Nun rennt der Kerl auf eine Metrostation zu und wirft das Blasrohr in eine Mülltonne.

Während du beschleunigst, packt dich eine ungeheure Wut. Klar, Marco ist nicht dein Freund, aber du hast trotzdem Mitleid mit ihm. Bestimmt ist das Turnier für ihn wegen des feigen Anschlags jetzt beendet.

Du musst den Mistkerl schnappen, der Marco das angetan hat.

Der Täter springt die Stufen zur Metro hinunter und jagt über den Bahnsteig. Gerade fährt ein Zug ein, die Türen fliegen auf und der Attentäter schlüpft in die Bahn.

Nein! Gleich werden die Türen wieder schließen! Schon erklingt eine Durchsage über die Lautsprecher.

**Wenn du versuchst,
noch in den Zug zu gelangen,
lies weiter auf Seite** **35**

**Wenn du lieber die Polizei rufst,
damit die Beamten den Täter
an der nächsten Station aus dem Zug fischen,
lies weiter auf Seite** **68**

„Können Sie in fünf Minuten noch mal anrufen?", bittest du.
„Okay", sagte der Fremde und beendet das Gespräch.
Fieberhaft suchst du nach deinem alten Handy. Ha, das ist es ja! Du schaltest das Diktiergerät ein und wartest.
Pünktlich meldet sich der Fremde wieder auf deinem neuen Handy.
„Fünftausend Euro, das klingt gut", sagst du. Dein altes Handy zeichnet jedes Wort auf, das gesprochen wird. „Wann und wo?
„Ich überweise dir das Geld", kündigt der Mann an.
Du überlegst kurz. „Nein", meinst du dann. „Ich will die Kohle bar haben. Entweder machen wir es so oder gar nicht."
Jetzt zögert dein Gesprächspartner einen Moment. Schließlich räuspert er sich und willigt ein.
Ihr wollt euch an einer bestimmten Bushaltestelle um 20.15 Uhr treffen.
Du bist pünktlich da – aber du bist nicht allein. Denn du hast dafür gesorgt, dass mehrere Zivilbeamte ebenfalls vor Ort sind. Und die nehmen den Wettbetrüger fest! Dank deiner Aufzeichnungen sind die Beweise erdrückend!

Ende

Finale! Obwohl du wieder mal nur auf der Bank sitzt, fieberst du mit. Du bist nun mal ein Teamplayer!
Hunderte von Zuschauern sind gekommen. Die meisten feuern das französische Team an. Klar, Trick-Olore hat den Heimvorteil.
Dein Team hat Anstoß, verdaddelt aber schnell den Ball. Über zwei Stationen rollt der Angriff. Jetzt hat der Gegenspieler von Phil den Ball, doch der bremst ihn gekonnt und fair. Ein Steilpass auf Marco, der den Torwart austanzt und locker einschiebt – 1:0 für euch!
Doch der Ausgleich fällt nur wenig später, nachdem der gegnerische Stürmer Phil übel gefoult und sich dadurch Platz verschafft hat. Der Schiri lässt es durchgehen.
Großer Jubel bei den Fans.
Und es kommt noch schlimmer – kurz vor dem Ende der Spielzeit fangt ihr auch noch das 2:1! Gleich ist Abpfiff!
„Los, Tom, rein mit dir!“, fordert Claus dich auf.
Du kannst es nicht fassen, super! Schon bist du auf dem Platz, schon hast du den Ball. Du gehst steil, umspielst einen Verteidiger und hast nur noch den Torwart vor dir!

**Wenn du einen Schlenzer ins Eck versuchst,
lies weiter auf Seite** **69**

**Wenn du versuchst,
den gegnerischen Torwart zu tunneln,
lies weiter auf Seite** **100**

Nein, wenn Geld im Spiel ist, bekommt das Ganze eine ganz andere Dimension: Dann wird aus Spaß Ernst. Das ist nichts für dich.

Also lässt du das schön sein und sagst zu Alex: „Komm, lass uns ganz normal spielen. Von mir aus bekommt der Sieger einen dicken Eisbecher – okay?"

Alex lacht sich halb schlapp. „Na klar, das können wir machen. Aber es wäre einfacher, wenn du mich gleich in die Eisdiele einlädst, denn du hast keine Chance gegen mich!"

„Das wollen wir doch mal sehen!", erwiderst du.

Ihr wählt eure Teams, denn geht es los.

Du hast einen Sahnetag erwischt und haust Alex die Kiste voll. Am Ende steht es 7:2 für dich!

„Wir sehen uns in der Eisdiele. Ich fahre schon mal los", sagst du zu Alex, bevor du den Computer ausschaltest.

Ende

Du bist mächtig stolz auf deine Ermittlungsergebnisse und gehst zum nächsten Polizeirevier.
Ein gelangweilt wirkender Beamter nimmt ein Protokoll auf und bringt die Tatwaffe ins Labor.
Dann beugt er sich weit über den Tisch und sagt: „Wie stellst du dir das vor? Glaubst du, wir fordern jetzt alle Pariser Bürger auf, ihre Hosenbeine hochzukrempeln, um zu schauen, ob sie ein Tattoo in Form eines Skorpions an der Wade haben? Aber vielen Dank für deine Mitarbeit."
Reichlich frustriert verlässt du das Revier.
Du hörst nie wieder etwas von der Polizei. Der Fall wird zu den Akten gelegt und nie aufgeklärt.
Marco wird schnell wieder gesund. Wenigstens das. Und dich verdächtigen einige noch heute, hinter der Tat gesteckt zu haben.

Ende

„Lass uns aufhören, die treten uns die Knochen kaputt", sagst du zu Phil.
Doch dein Kumpel ist dagegen. „Dann ist unser Geld futsch. Mit denen werden wir schon fertig."
„Sei vernünftig", bittest du ihn. „Denk an unser richtiges Turnier. Du bist Stammspieler, du bist unsere Axt. Ohne dich werden wir das Turnier nicht gewinnen."

Da wird Phil nachdenklich. Schließlich meint er: „Okay, du hast recht. Lass uns gehen. Es ist nur schade ums Geld."

Eure Gegner und die Zuschauer lachen euch aus, als ihr den Platz verlasst.
Aber ihr geht hocherhobenen Hauptes.
Am nächsten Tag beginnt das richtige Turnier, bei dem ihr gut abschneidet.
Auch dank Phil, der den gegnerischen Stürmern kaum eine Chance lässt. Du bringst es zwar nur auf Kurzeinsätze, aber immerhin. Am Ende springt der Titel heraus – Glückwunsch!

Ende

Du stellst das Fahrrad ab, kettest es an und schleichst zu Fuß zurück. Schließlich gelangst du zu dem kaputten Zaun mit dem Betonplatz, wo du vorhin die Gestalten gesehen hast.
Sie steigen gerade in zwei Fahrzeuge: in einen Kleintransporter mit einer Plane über der Ladefläche und in eine Limousine.

Wenn du unter die Plane schlüpfst,
lies weiter auf Seite **73**

Wenn du dir die Kennzeichen notierst
und zur Polizei gehst,
lies weiter auf Seite **86**

Wow, was für ein cooler Schuppen! Klasse ohrenbetäubende Musik, hübsche Mädchen, tolle Stimmung.
Und die Fans von Trick-Olore sind doch gar nicht so verkehrt, stellt ihr fest. Eigentlich sind sie sogar ziemlich in Ordnung. Sie schieben euch an die Bar und fragen euch, ob sie euch einen Drink ausgeben dürfen.
„Klar!", ruft ihr und bestellt eiskalte Cola.
„Ich muss mal auf die Toilette", sagt Phil, während ihr auf die Getränke wartet.
„Ich auch, ich komme mit", sagst du.
Fünf Minuten später seid ihr wieder an der Bar. Dort warten zwei gut gefüllte Gläser auf euch – und die Fans von Trick-Olore.
„Zum Wohl!", rufen sie euch zu.
Du greifst zum Glas und willst es an die Lippen setzen – doch im letzten Moment fallen dir die Geschichten von K.-o.-Tropfen im Glas ein. Du hast mal gelesen, dass so etwas immer wieder in Diskotheken vorkommen soll. Die Täter wollen ihre Opfer betäuben und dann ausrauben …

**Wenn du nicht trinkst,
sondern lieber tanzen gehst,
lies weiter auf Seite 56**

**Wenn du trinkst,
lies weiter auf Seite 98**

Wenig später erreichst du das nächste Polizeirevier. Du erzählst einem Beamten, was du beobachtet hast, und nennst ihm die Kennzeichen.
„Ich finde, dass sich die Typen sehr verdächtig verhalten haben", schließt du deinen Bericht ab. „Zudem haben sie mich mit einem Messer bedroht."
„Schauen wir mal", meint der Polizist wenig beeindruckt.
Tags darauf wirst du aufs Revier zitiert. Dort erzählt man dir, dass die Besitzer der Fahrzeuge ermittelt wurden. Es handele sich um zwei junge Männer.
Klar, das sind zwei Mitglieder der Blacks!, denkst du dir.
„Ein Messer haben wir aber weder bei dem einen noch bei dem anderen Mann gefunden", sagt der Polizist. „Beide streiten auch ab, jemanden bedroht zu haben. Somit steht Aussage gegen Aussage. Wir betrachten den Fall daher als erledigt."

Ende

Das ist doch leicht verdientes Geld, denkst du. Doch du willst auf Nummer sicher gehen und setzt nur kleinere Summen auf die Favoriten. Das Geld überweist du online auf ein bestimmtes Konto und bekommst eine Quittung, die du ausdruckst.

Wer der jeweilige Favorit ist, erkennst du an den Wettquoten und an den Vorrundenergebnissen.

Es klappt! Du tippst alle Achtelfinale richtig und streichst immerhin knapp fünfzig Euro ein. Jedenfalls bekommst du eine Mail, in der angekündigt wird, dass du das Geld erhalten wirst.

Davon ermutigt tippst du munter weiter – auch, als du mit deinem Team ausgeschieden bist (höchst unglücklich im Viertelfinale).

Aus den kleinen Beträgen werden größere und schließlich ein richtig großer, als du alles auf eine Karte setzt – doch dann verliert der vermeintliche Favorit und dein gesamtes Geld ist futsch.

Ende

Nein, das tust du dir nicht an. Soll dein Team doch den Titel holen – mit dem tollen Marco, aber ohne dich. Für die Ersatzbank bist du dir zu schade!
Also bleibst du schön zu Hause und skypst mit einem Kumpel namens Alex, der eigentlich den ganzen Tag im Internet verbringt.
„Hast du schon von den Blacks gehört?“, fragt er dich.
„Blacks? Ne, nie gehört.“
„Soll ein Fußballteam sein. Aber kein normales. Die sollen tierisch gut kicken können, tragen nur schwarze Klamotten und treffen sich an einem geheimen Ort – irgendwo im Gewerbegebiet“, berichtet Alex. „Das habe ich vom Kumpel eines Kumpels meines Kumpels gehört.“
Klingt irgendwie irre, denkst du.
„Sollen wir gleich noch eine Runde Soccer2016 spielen?“, fragt Alex jetzt.
Soccer2016 ist ein geniales Online-Fußballspiel. Andererseits spuken dir diese Blacks im Kopf herum.

Wenn du Soccer2016 spielen möchtest,
lies weiter auf Seite **14**

Wenn du dich um die Blacks kümmerst,
lies weiter auf Seite **107**

„Lieber nicht", sagst du zu deinem Kumpel. „Denn wer weiß, ob wir uns nicht verletzen. Und wenigstens du gehörst doch bei unserem Jugendturnier zu den Stammspielern – du wirst gebraucht."
„Du auch", sagt Phil zu dir.
Dann geht ihr. Niemand versucht euch umzustimmen.
Am nächsten Tag beginnt das richtige Turnier. Phil ist tatsächlich von der ersten Minute an dabei und macht einen super Job.
Du wirst im Laufe des Turniers immerhin mehrfach eingewechselt. Es gelingt dir sogar ein wichtiger Treffer!

Ende

„Äh, nichts“, stammelst du.
„Das rate ich dir auch, Kurzer!“, zischt der Große.
Das Spiel geht weiter. Es ist ziemlich ausgeglichen und kurz vor dem Ende steht es nur 2:1 für Trick-Olore. In der letzten Spielminute dribbelt ein Spieler in den Strafraum von Trick-Olore und wird rüde umgegrätscht.

Ein klarer Elfmeter und die Chance zum Ausgleich!

Denkste, die Pfeife des Schiris bleibt stumm.

Du fasst dir an den Kopf. Das muss der Unparteiische doch gesehen haben!

Die Gegner von Trick-Olore sehen das auch so, sie protestieren heftig, aber es nützt nichts.

Kurz darauf ist das Match beendet, Trick-Olore hat dank der krassen Fehlentscheidung des Schiris gewonnen.

Wenn du den Schiedsrichter zur Rede stellst, lies weiter auf Seite 43

Wenn du die Entscheidung des Schiedsrichters hinnimmst, lies weiter auf Seite 64

Mit deinem Taschenmesser stichst du in einen der Bälle. Pffft!, die Luft entweicht. Du machst einen sauberen Schnitt und fasst in den Schlitz. Was ist denn das? Fühlt sich an wie …
„Tom, was machst du denn da?“, erklingt Jasons wütende Stimme.
Er kommt zu dir und nimmt dir den aufgeschnittenen Ball ab. „Du bist doch nur ein elender Schnüffler!“, schimpft er. „Und so jemanden können wir überhaupt nicht gebrauchen. Komm nie wieder in unsere Nähe! Hau ab!“
Tja, so schnell endete deine Mitgliedschaft bei den Blacks. Rekordverdächtig!

Ende

Du schüttelst den Kopf und setzt dich auf die Bank.
Fünf Spieler haben sich gemeldet, darunter auch Phil und Marco.
Doch beiden versagen die Nerven – sie scheitern vor dem Elfmeterpunkt! Ganz anders die Spieler von Trick-Olore: Sie verwandeln ihre Elfer sicher und gewinnen das Turnier.
Phil und Marco sind untröstlich. Aber niemand macht ihnen einen Vorwurf – du schon gar nicht. Denn du hast es ja noch nicht einmal versucht, du hast dich geweigert, einen Elfmeter zu schießen und damit Verantwortung zu übernehmen.
Schade, denn vielleicht hättest du es besser gemacht als Phil und Marco.

Ende

Auch das Viertelfinale ist für dich keine große Herausforderung (3:1), ebenso wenig das Halbfinale (4:0). Mann, jetzt stehst du doch tatsächlich im Finale!
Du schaust dir die Wetten an. Aufgrund deiner klaren Siege bist du haushoher Favorit.
Endlich beginnt das Match. Dein Gegner ist diesmal Ronaltoro. Er hat viele hübsche Tricks auf Lager. In der 10. Spielminute fällt das 1:0 für ihn, in der 23. Minute das 2:0.
„Mist!", fluchst du ins Mikro.
Dann hörst du eine Stimme im Kopfhörer. Es ist der Mann, der dich bestechen wollte: „Gut machst du das, sehr gut!"
„Hauen Sie ab, ich tue das doch nicht absichtlich!"
„Natürlich nicht", höhnt der Kerl. „Aber das ist auch egal. Ich habe zehntausend Euro auf deine Niederlage gewettet. Und wenn du verlierst, bekomme ich hunderttausend ausgezahlt!"
Das macht dich rasend. Du willst dieses Spiel noch rumreißen. Zum einen, weil du die Siegprämie haben willst, zum anderen, weil du diesen miesen Betrüger nicht triumphieren lassen möchtest. Noch vor der Pause gelingt dir der Anschlusstreffer.
Nach dem Seitenwechsel erhöhst du den Druck, spielst noch offensiver – aber das macht dich anfällig für Konter. Prompt schießt Ronaltoro das 3:1. Aber du wehrst dich und schaffst den Ausgleich – und in der Nachspielzeit das 4:3. Du hast gewonnen! Der Betrüger stößt einen Wutschrei aus – und dieser Schrei ist Musik in deinen Ohren!

Ende

Du schubst den Kerl zur Seite und rennst los.
„Fass!“, hörst du ein scharfes Kommando hinter dir.
Im Sprint drehst du dich um und siehst die beiden Hunde, die dir auf den Fersen sind.
In letzter Sekunde kannst du ins Haus flüchten und die Tür zuknallen.
Durch den Lärm werden deine Eltern alarmiert.
„Was ist denn los?“, wollen sie wissen.
Zitternd deutest du zur Haustür.
Dein Vater sieht draußen nach. „Da ist niemand“, sagt er. „Nur ein Lieferwagen, der gerade wegfährt.“
„Wegfährt …“, wiederholst du. „Gut!“
Verständnislos schauen deine Eltern dich an.
Du trollst dich in dein Zimmer. Die Blacks tauchen nie wieder auf – nur ab und zu in deinen Träumen.

Ende

Du fügst dich in dein Schicksal – aber nur scheinbar. Denn du hast einen Plan …
Der Fahrer gibt Gas. Du sitzt auf dem Beifahrersitz, Florian hinten zwischen den beiden anderen Gangstern.
„Wohin fahren wir?“, fragst du.
Keine Antwort.
Deine Stunde schlägt, als ihr auf eine Ampel zufahrt. Jetzt springt sie auf Gelb um, und eigentlich müsste der Fahrer abbremsen. Doch das tut er nicht, sondern gibt Gas.
„Sind Sie wahnsinnig?“, schreist du ihn an – und greifst ins Lenkrad.
„Nein!“, kreischt der Fahrer und schlägt auf dich ein. „Was tust du da?“
Du lässt nicht locker und reißt das Lenkrad nach links. Der Wagen brettert über den Bordstein und kracht in das Schaufenster eines Juweliergeschäfts. Es gibt einen gewaltigen Knall, als die Scheibe platzt. Das Auto rumpelt durch den Verkaufsraum und rammt eine Vitrine mit Schmuck im Wert von einigen Millionen Euro. Sofort jault die Alarmanlage los. Die Gangster springen aus dem Auto, werden aber vom Besitzer des Geschäfts und seinen Angestellten überwältigt. Kurz darauf ist auch die Polizei da und nimmt die Schurken fest.
Du bist der Held, gut gemacht!

Ende

Du düst zur Jugendherberge zurück und versteckst die Tatwaffe in deinem Schrank.
Dann hockst du dich auf dein Bett und denkst nach. Ein Tattoo, ein Skorpion … Hm, das sollte dir doch auffallen, wenn du den Teilnehmern an diesem Turnier auf die Beine schaust. Du grinst. Irgendwie ist das eine komische Vorstellung, aber du willst die Wahrheit herausfinden, denn nur so kannst du erreichen, dass man dich nicht länger verdächtigt, hinter dem Anschlag auf Marco zu stecken.
Ob es jemand aus einem gegnerischen Team war?, überlegst du. Jemand, der dein Team schwächen will, indem er einen eurer besten Spieler ausschaltet?
Ja, glaubst du, so wird es gewesen sein.
Gleich am nächsten Tag beginnst du mit deinen Ermittlungen und beobachtest die anderen Teams beim Training. Doch bei keinem Spieler entdeckst du ein solches Tattoo.
Später hat auch deine Mannschaft Training. Nach einem Foul von Phil geht Benjamin zu Boden und hält sich die Wade. Und was siehst du da? Ein Skorpion als Tattoo! Ist das nur ein Zufall? Benjamin kann doch unmöglich der Täter sein!

Wenn du Benjamin erst einmal alleine befragst, lies weiter auf Seite 49

Wenn du Benjamin vor versammelter Mannschaft zur Rede stellst, lies weiter auf Seite 116

Tja, wärst du mal lieber vorsichtig gewesen. Denn die Typen haben tatsächlich etwas in eure Gläser geträufelt, als ihr auf der Toilette wart.

Phil und du werdet schlagartig sehr müde. Ihr sucht den Chill-out-Bereich der Disco auf, setzt euch dort hin und seid wenig später eingeschlafen.

Als ihr aufwacht, befindet ihr euch irgendwo in einem abgelegenen Waldgebiet. Dort haben euch die Schurken ausgesetzt! Bis ihr zur Jugendherberge zurückfindet, ist das Finale längst vorbei. Euer Team hat es verloren. Vor allem der eisenharte Abwehrspieler Phil hat dem Team gefehlt …

Ende

Och nö, wo soll das hinführen? Das ist bestimmt reine Zeitverschwendung, glaubst du.
Also zockst du munter weiter. Doch in einem der K.-o.-Spiele hast du reichlich Pech. Gleich dreimal triffst du Pfosten und Latte, aber nie ins Tor! Wie blöd ist denn das?
Dein Gegner schafft in der letzten Spielminute das überaus schmeichelhafte Siegtor – und du bist raus aus dem Turnier. Die hohe Startgebühr ist weg …

Ende

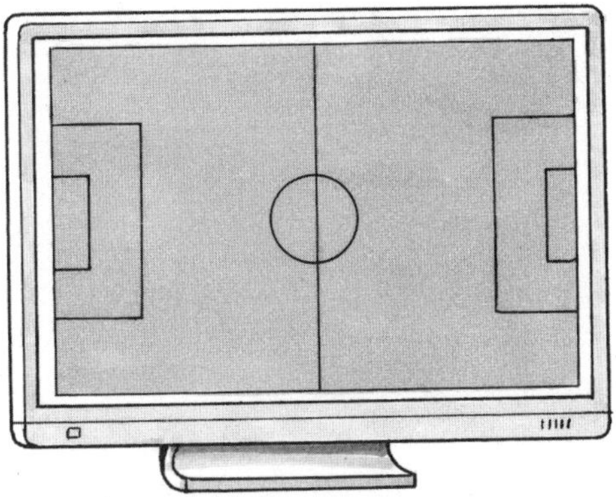

Du willst dem Keeper von Trick-Olore die Höchststrafe verpassen, ab mit dem Ball durch die Hosenträger – wie arrogant von dir!
Und wie dumm!
Denn der Torwart ist nicht so dumm, wie du denkst: Er bekommt die Beine rechtzeitig zusammen und wehrt den Ball ab. Chance vertan!
Deine Mitspieler schlagen die Hände vors Gesicht!
Jetzt hat der gegnerische Torwart alle Zeit der Welt. Erst nach einer Ermahnung rollt er die Kugel zu einem Mitspieler, der zu ihm zurückpasst. So geht es hin und her bis zum Abpfiff.
Ihr habt das große Finale verloren … und du trägst daran ein großes Maß an Schuld.

Ende

„Ich verzichte, Benjamin kann doch auch stürmen“, sagst du. Alle starren dich an, als wärst du ein Geist.
„Ich fühle mich nicht so besonders“, ergänzt du. Das ist ja noch nicht einmal gelogen.
„Okay“, sagt Claus. „Bist du bereit, Benjamin?“
„Äh … na klar“, meint er.
Benjamin spielt also, und er macht seine Sache ziemlich gut. Ihr gewinnt die Vorrundenspiele, setzt euch im Viertel- und Halbfinale knapp durch und triumphiert auch im Endspiel. Der Pokal gehört euch!

Du spielst keine einzige Sekunde. Aber das macht nichts. Denn niemand, wirklich niemand, verdächtigt dich mehr, Marco verletzt zu haben.
Er kann nach drei Tagen das Krankenhaus verlassen und begleitet euch im Bus in die Heimat.
Wer mit dem Blasrohr auf ihn geschossen hat, wird nie geklärt.

Ende

„Zeigen Sie mir bitte Ihre Ausweise“, sagst du.
Das Lächeln verschwindet. „Du kleiner Rotzlöffel fängst an, uns zu nerven. Los, steig in den Wagen da. Und dein Kumpel auch.“ Er ballt die Fäuste und deutet zu einer Limousine mit abgedunkelten Scheiben. Eine Tür schwingt auf. Hinter dem Steuer erkennst du eine dritte Person.
Ach du Schande, das sind keine Beamten, sondern Gangster! Aber woher wussten sie, dass ihr zur Polizei wolltet?
Folgsam trottet Florian zum Auto und steigt ein.

**Wenn du um Hilfe rufst,
lies weiter auf Seite 72**

**Wenn du auch in den Wagen steigst,
lies weiter auf Seite 95**

Schlafen wird doch überbewertet, sagt ihr euch. Außerdem wollt ihr den Heinis nicht den Triumph gönnen, dass ihr euch über sie ärgert. Und wer sagt denn, dass die Blödmänner mit dem Krach aufhören, wenn ihr euch beschwert?
Also lasst ihr sie gewähren. Es wird eine harte und vor allem eine kurze Nacht.
Am nächsten Morgen seid ihr fix und fertig – ganz im Gegensatz zum Team von Trick-Olore. Die sind völlig ausgeschlafen. Das Finale verläuft daher leider ziemlich einseitig. Ihr seid übermüdet, entsprechend unkonzentriert und bekommt ein Tor nach dem anderen eingeschenkt.
Du bist regelrecht froh, dass du mal wieder auf der Bank schmorst.
Beim Abpfiff steht es 7:0 für Trick-Olore. Was für eine Klatsche!

Ende

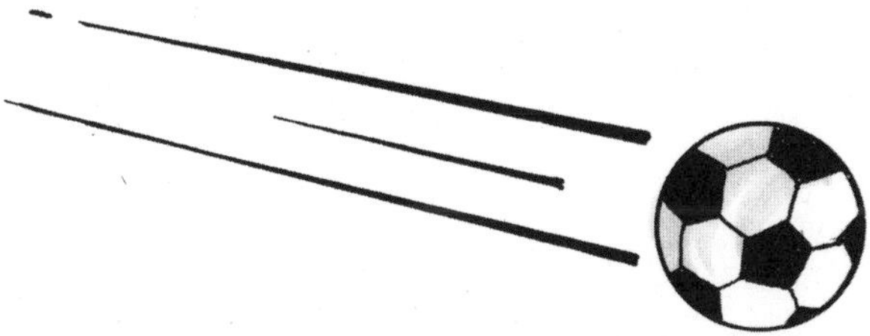

Die Belgier übernehmen die Führung. Den Tipp für das Turnier haben sie von einem Fußballspieler aus Paris, der mit seiner Mannschaft ebenfalls am Jugendturnier teilnimmt.
Mit der Metro gelangt ihr in einen wenig attraktiven Stadtteil von Paris. Zu Fuß geht es weiter. Dann taucht eine große, hässliche Brücke vor euch auf. Darunter liegt ein öder Betonplatz mit einem hohen Zaun. Auf dem Platz markieren Linien ein Fußballfeld. Zwei kleine Tore gibt es auch. Straßenlaternen tauchen die Szenerie in ein funzeliges Licht. Zahlreiche Jugendliche umringen den Platz. Es handelt sich zum Teil um ziemlich finstere Gestalten, stellst du fest. Argwöhnisch werdet ihr gemustert. Einer der Typen spielt ungeniert mit einem Messer.
„Sollen wir nicht lieber abhauen?", fragt Phil.
Du zögerst.

Wenn du bleiben möchtest,
lies weiter auf Seite **44**

Wenn du dich verkrümelst,
lies weiter auf Seite **66**

Wortlos drückst du den jungen Männern den Ball in die Hände.

„Du bist wohl doch eher ein Handballer, was?“, lachen die Blacks.

Wieder sagst du nichts. Mit gesenktem Kopf steigst du auf dein Fahrrad und fährst nach Hause.

Das Gelächter der Blacks schallt hinter dir her.

Ende

Die Hand wandert zu deiner Wade. Dann wird die Plane zurückgezogen.

„Wer bist du denn?“, flüstert ein Mann überrascht.

Du willst gerade eine Erklärung stammeln, als der Mann einen Finger auf seine Lippen legt. „Keinen Mucks, ich bin Zivilpolizist und habe mich in diese Verbrechergruppe eingeschleust. Pfusch mir nicht ins Handwerk, Kleiner.“

Dann deckt er die Plane wieder über dich.

Irre, denkst du mit rasendem Puls. Wie im Kino!

Fünf Minuten vergehen. Dann hörst du ein Motorengeräusch.

„Das Boot kommt!“, ruft jemand.

Weitere zwei Minuten verstreichen. Deine Nerven sind zum Zerreißen gespannt.

Plötzlich erklingen Rufe: „Halt, Polizei! Hände hoch!“

Hektische Stimmen, Flüche. Schritte, Schreie.

Du wagst einen Blick unter der Plane hervor. Überall sind Polizisten. Die Blacks liegen gefesselt auf dem Boden. Neben ihnen stehen Kisten, aus den Waffen herausragen. Offenbar sind die Typen Waffenschmuggler. Die heiße Ware war vermutlich an Bord des Schiffes und sollte auf den Kleintransporter verladen werden!

Die Polizei verhört dich. Und weil du glaubhaft versichern kannst, dass du mit der Sache nichts zu tun hast, lässt man dich laufen.

Ende

Noch am selben Abend machst du dich auf die Suche nach der mysteriösen Mannschaft. Du weißt nicht gerade viel über dieses Team, nur, dass es sich im Gewerbegebiet herumtreiben soll.
Aber wo genau? Das Gebiet ist sehr groß. Es gibt moderne Firmen mit hohen Zäunen und Kameras, ein Möbelhaus mit einem riesigen Parkplatz, zwei Supermärkte, einen Baumarkt und viele kleinere Betriebe, darunter auch eine Schrotthandlung.
Du radelst die Straßen rauf und runter. Plötzlich rollt ein Ball vor dein Bike und du musst scharf abbremsen.
Du schaust dich um. Links vor dir ist ein kaputter Zaun. Dahinter erkennst du auf einem Betonplatz schemenhaft ein paar dunkle Gestalten vor einem Tor. Handelt es sich bei den Typen etwa um die Blacks? Dein Herz klopft plötzlich sehr, sehr schnell.

**Wenn du weiterfährst,
lies weiter auf Seite** **10**

**Wenn du den Ball aufnimmst,
um ihn zu den Typen zurückzuspielen,
lies weiter auf Seite** **41**

Mit weichen Knien holst du einen Ball und wirfst ihn dem Typ mit dem narbigen Gesicht zu.
Der Kerl setzt den Koffer ab, rammt ein Messer in den Ball, schneidet ihn auf und holt ein Päckchen mit einem weißen Pulver heraus. Er probiert und meint: „Guter Stoff …"
Du bist entsetzt. In den Bällen sind Drogen. Du musst den Typen das Handwerk legen – nur wie?
In dieser Sekunde lässt der Narbige den Ball fallen und reißt die Waffe hoch. „Und jetzt kommt die Bezahlung – mit Kugeln!", höhnt er.
Schon rattert die Maschinenpistole los. Du springst hinter den Kleinlaster und siehst, wie die Blacks bis auf Jason in den Beinen getroffen werden und zu Boden gehen. Jason kann ausweichen, zieht eine Waffe und erwidert das Feuer. Er trifft den Narbigen und seinen Partner – auch diese beiden Schurken sind außer Gefecht gesetzt.
Jason kümmert sich nicht um seine verletzten Partner, sondern hat nur Augen für den Koffer. Dich hat er offenbar gar nicht mehr auf der Rechnung.
Aus seiner Sicht ein Fehler – denn du schnappst dir einen der anderen Bälle und kickst ihn mit viel Wut und mit voller Wucht an Jasons Hinterkopf.
Ein wirklich guter Schuss – und weil die Bälle schwerer sind als sonst, hat der Treffer auch eine wunderbare Wirkung: Jason geht k. o. und du kannst die Polizei rufen!

Ende

„Klar, warum nicht?“, meinst du.
Ihr stellt euch dem nächsten harten Duell. Ein Fehler, wie ihr beide schnell feststellen müsst. Denn diese Gegner spielen noch brutaler. Sie foulen euch mehrmals, ohne dass der Schiedsrichter die harte Gangart unterbindet.
Die Folgen: Ihr verliert nicht nur das Spiel, sondern tragt beide Verletzungen davon. Phil bekommt einen Tritt auf den Knöchel, sodass dieser anschwillt, und du zerrst dir den Oberschenkel.
Ein Taxi bringt euch in die Jugendherberge. Eins ist klar: Das richtige Turnier ist für euch beide leider gelaufen …

Ende

Du lupfst die Plane an einer Ecke und willst die Lage peilen.
„He, wen haben wir denn da?“, erklingt prompt eine raue Stimme.
Ach du Schande, man hat dich gesehen!
Du springst von der Ladefläche und flitzt los.
„Bleib stehen!“, ruft jemand.
Ich doch nicht, ich bin doch nicht blöd!, denkst du dir und schlägst Haken wie ein Hase.
Aber du bist nicht schnell genug.
Es kracht ein Schuss – und aufgrund der geringen Entfernung bist du ein sicheres Ziel …

Ende

Mit eurer Ladung fahrt ihr zum riesigen Hafen.
Jason steuert den Wagen an einen düsteren Kai. Lagerschuppen, Container, Kräne, gewaltige Schattenrisse von Schiffen im Mondlicht.
Ein Rolltor öffnet sich quietschend. Schemenhaft erkennst du zwei Männer in einer großen Garage. Deine Augen weiten sich: Beide tragen Maschinenpistolen.
„Ganz ruhig", sagt Jason, der deine Nervosität zu spüren scheint.
Er steigt langsam aus. Du und die anderen Blacks folgen seinem Beispiel.
„Und, habt ihr die Ware?", erklingt eine Stimme.
„Sicher", erwidert Jason. „Habt ihr das Geld?"
Ware, Geld? In welchem Film bist du hier eigentlich?
„Natürlich." Einer der Männer kommt mit einem Aktenkoffer auf euch zu. Trotz der Dunkelheit trägt er eine Sonnenbrille. Seine Wangen sind von Narben zerfurcht. „Aber wir wollen erst eine Probe."
„Hol einen der Bälle, Tom", bittet Jason.
Da ist bestimmt irgendetwas Illegales drin!, ahnst du.

Wenn du dich weigerst weiter mitzumachen, lies weiter auf Seite 13

Wenn du Jason gehorchst, lies weiter auf Seite 108

Klar Mann, gut erkannt. Scheint mir auf der Stirn zu stehen“, versuchst du zu scherzen.
Der Dünne verzieht keine Miene. Wortlos dreht er sich um und verschwindet in einem Hinterzimmer.
Als er wieder auftaucht, ist er nicht mehr allein. Rechts und links wird er von zwei fleischgewordenen Muskelbergen flankiert.
„Ein Schnüffler“, knurrt der Dünne. „Zeigt ihm den Ausgang.“
Bevor du fliehen kannst, wirst du von den beiden Riesenteddys gepackt und unsanft hinausbefördert.
Deine Ermittlungen finden also ein jähes Ende. Aber immerhin: Du hast es versucht …

Ende

Du hast schon genug in dieses Onlinespiel investiert.
Um dich auf deinen Gegner namens Strike vorzubereiten, schaust du dir dessen Ergebnisse in der Vorrunde an.
Hm, eine Niederlage, ein Remis, ein Sieg. Nicht so toll. Mit gerade einmal vier Punkten hat er sich fürs Achtelfinale qualifiziert. Klar, du bist der Favorit in diesem Match. Das siehst du auch an der Wettquote. Wenn du gewinnst, bekommen diejenigen, die auf dich gesetzt haben, relativ wenig Geld. Sollte aber dieser Strike – der Außenseiter – gewinnen, gibt es richtig viel Geld.
Da bimmelt dein Handy. Du schaust aufs Display. Die Nummer kennst du nicht. Dennoch meldest du dich.
„Hi, hast du Lust, richtig viel Geld zu verdienen?", fragt dich eine Männerstimme.
Wieder einer dieser dämlichen Werbeanrufe, denkst du und willst das Gespräch beenden.
„He, Megakicker, bist du noch dran?"
Woher kennt der Typ meinen Namen?, durchfährt es dich. Doch halt: Bei der Anmeldung zu diesem Spiel wurdest du aufgefordert, deine Handynummer zu nennen. Das hast du getan. Also wirst du neugierig: „Wer sind Sie? Was wollen Sie von mir?"
„Mein Name tut nichts zur Sache. Ich will, dass du absichtlich verlierst. Dafür bekommst du fünftausend Euro. Cash."

Wenn du das Gespräch beendest,
lies weiter auf Seite **24**

Wenn du weiter zuhörst,
lies weiter auf Seite **78**

Es war eine furchtbare Nacht. Der Verdacht, der auf dir lastet, hat dich zermürbt und dir den Schlaf geraubt.
Es hat dich zwar niemand mehr auf Marco angesprochen, aber da sind immer wieder diese verstohlenen und teils vorwurfsvollen Blicke.
Egal, sollen die doch denken, was sie wollen! Jetzt wird Fußball gespielt. Das erste Vorrundenmatch steht an. In fünfzehn Minuten geht es los und ihr seid gerade dabei, euch warm zu machen.
Dann trommelt euch der Trainer zusammen.
„Tom, du gehst ins Sturmzentrum", legt er fest.
Wieder treffen dich Blicke. Benjamin, der auf der Bank sitzen wird, schüttelt den Kopf.
„Dann bist du ja am Ziel", sagt er leise, aber für alle hörbar.
Am liebsten würdest du aufspringen und ihn ohrfeigen.
Du starrst ihn voller Wut an – und hast plötzlich eine Idee. Soll doch Benjamin spielen! Mit dieser Geste würdest du den ungeheuren Verdacht vielleicht los.

Wenn du nicht zugunsten Benjamins zurücktreten willst, lies weiter auf Seite 70

Wenn du Benjamin als Stürmer vorschlägst, lies weiter auf Seite 101

Noch auf dem Platz bezichtigst du Benjamin der Tat. Sofort bildet sich eine große Traube um euch. Niemand kann glauben, was du da gerade gesagt hast.
Benjamin streitet alles ab. „Was redest du da?“, brüllt er dich an.
Du bleibst ganz ruhig und berichtest von deinen Ermittlungen, vor allem aber von der Aussage des Waffenladenbesitzers.
Da bricht Benjamin zusammen und gesteht die Tat. Sein Motiv: Er wollte Marco ausschalten, um selbst aufgeboten zu werden und als Stürmer zu glänzen.
Ihr alle könnt es nicht fassen.

Claus schaltet die Polizei ein, die Benjamin mit zum Revier nimmt, um ihn dort weiter zu verhören.
Ihr alle seid sehr traurig – aber du bist auch ein wenig froh, dass dich nun niemand mehr verdächtigt.
Du bist der letzte noch verbliebene Stürmer, den Claus hat. Daher spielst du das gesamte Turnier durch und erzielst Tore wie am Fließband. Am Ende wird eure Leistung mit dem Titel belohnt.

Ende

Leseprobe aus dem
Ravensburger Taschenbuch 52572
„Konsole der 1000 Gefahren“
von Fabian Lenk

6

Endlich hast du die Hausaufgaben erledigt! Jetzt gibt es nur noch eins: Ran an die Konsole, das neue Fußballspiel wartet auf dich. Flanken, köpfen, Tor schießen. Grätschen, foulen, Karten sammeln. Das ist genau dein Ding!
„Alex?" Das ist die Stimme deiner Mutter, die durch den Flur in dein Zimmer schallt.
„Ja", rufst du zurück und seufzt.
„Bringst du bitte den Müll raus?"
Grrrr! Du willst an der Konsole spielen und nicht eine stinkende Tüte durchs Haus schleppen. Schon gar nicht jetzt!
„Kann das nicht Kati machen?", erwiderst du und hoffst, dass deine Schwester den Zuschlag bekommt.
Irrtum. Deine liebe Mama hat dich auserkoren für den tollen Job.
„Alexander, ich mag solche Diskussionen nicht!", sagt sie.
Immer, wenn deine Mutter Alexander statt Alex sagt, weißt du, dass sie es ernst meint. Sehr ernst.
Wieder seufzt du. Ergeben legst du das Gamepad beiseite und trottest in die Küche.
„Lieb von dir", flötet deine Mutter.
Wortlos schnappst du dir den Müllbeutel und bringst ihn raus zur großen schwarzen Tonne hinter der Garage.

Lies weiter auf Seite 116

Mit größter Überwindung löffelst du die grünliche Brühe, in der einige knorpelige Bröckchen schwimmen, in dich hinein. Sie schmeckt, wie sie aussieht: furchtbar.
Aber während du tapfer isst, klettert deine Lebensenergieanzeige in den grünen Bereich. Du fühlst dich plötzlich extrem stark und mächtig. Du bist bereit, es mit jedem aufzunehmen.
„Danke, gute Frau", sagst du und verlässt ihre Hütte.
Du schwingst dich auf dein Pferd und begibst dich auf eine abenteuerliche Reise durch die Welt des Konsolenspiels. Du gewinnst jeden Kampf und jedes Turnier.
Du scheinst unbesiegbar.
Und wenn du doch mal einen Treffer abbekommst und verletzt wirst, wenn die Energieleuchte langsam rot wird – dann weißt du ja, wo du hingehen musst, um wieder zu Kräften zu kommen …
Jedes Mal päppelt dich die alte Frau mit ihrem Geheimtrank auf und dank ihrer Hilfe wirst du zum Star in diesem Konsolenspiel!

Ende

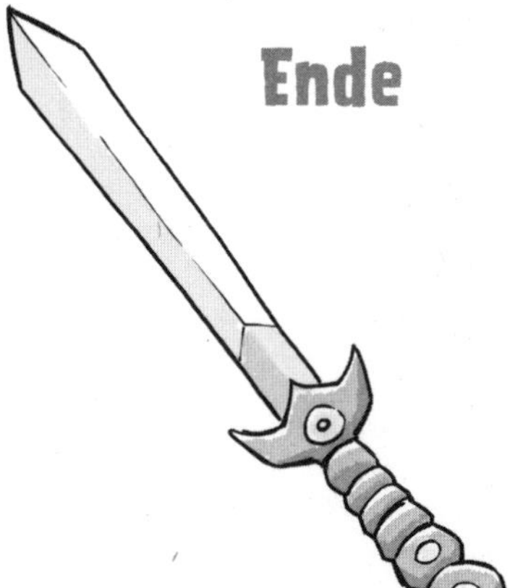

Du stutzt. Was ist das für ein komischer Text? Du liest ihn noch einmal:
Hi Alex. Wir wissen, dass du ein besonders guter Gamer bist. Du hast eine Menge Tricks drauf und bist extrem schnell. Außerdem hast du gute Nerven. Daher haben wir dich ausgesucht, um ein ganz besonderes Spiel auszuprobieren. Ein Spiel, das du nie vergessen wirst.
Dir läuft ein Schauder den Rücken hinunter. Woher kennen die deinen Namen? Wer ist der Absender der SMS?
Du scrollst ganz nach unten. Absender? Fehlanzeige.
Hm, komisch. Neugierig, wie du bist, liest du oben weiter:

Es wurden nur ganz wenige Gamer der Extraklasse ausgesucht. Niemand sonst weiß davon. Alles ist streng geheim. Wenn du mitspielen willst, komm heute Abend um 21 Uhr in die Schwarze Allee 177.
Du googelst diese Straße. Die Adresse liegt am Stadtrand.

**Wenn du hingehst,
lies weiter auf Seite 80**

**Wenn du nicht hingehst,
lies weiter auf Seite 115**

„Vielen Dank, aber irgendwie habe ich doch keinen Hunger", sagst du und wendest dich zum Gehen. Das Zeug rührst du niemals an, das ist garantiert das pure Gift!
„Wie bitte? Ich will mein karges Mahl mit dir teilen, und du lehnst ab – Frechheit!", keift die Alte.
Du hast schon den Türgriff in der Hand, als sich ein Messer neben dir ins Holz bohrt.
Du wirbelst herum und ziehst das Schwert. Die Frau springt auf dich zu und tritt dir die Waffe aus der Hand. Dann verpasst sie dir einen Satz warme Ohren. „Dir werde ich Manieren beibringen!", schreit sie, zieht dich an den Haaren und tritt dir in den Hintern, dass du quer durch den Raum fliegst.
Hilfe!, denkst du, wieso ist diese kleine alte Frau so unglaublich stark?
Klar, es ist ein Konsolenspiel, das hat nichts mit der Wirklichkeit zu tun.
Zack, schon bekommst du noch eine Ohrfeige. Und einen weiteren Tritt in den Hintern, der dich aus der Hütte befördert.
Deine Lebensenergieanzeige flackert noch einmal auf, dann heißt es: Game over.
Darunter steht ein hämischer Zusatz:
Ausgeschaltet von einer 128-Jährigen!

Ende

10

Bestimmt wird sich alles klären lassen. Vielleicht gelingt es dir ja auch, den Händler zur Aufgabe und dann sogar zur Zusammenarbeit mit der Polizei zu überreden.
Nein, das gelingt dir nicht.
Denn als der Mann in eurem Haus ist, zieht er eine Pistole und verlangt die Herausgabe der CD.
Notgedrungen gehorchst du. Der Kerl schließt dich im Keller ein und entkommt.
Erst Stunden später kannst du dich befreien. Natürlich gehst du zur Polizei – aber die Fahndung verläuft ergebnislos.
Von dem Händler und der CD hörst du nie wieder etwas.

Ende

Spaßeshalber nimmst du hinter dem Steuer Platz und legst den Gurt an. Auch die anderen Jugendlichen tun das.
Aber was ist das? Plötzlich springt der Motor an – wie von Geisterhand. Gleichzeitig erscheint auf dem Bildschirm in der Mitte des Armaturenbretts das Gesicht eines jungen Mannes.
„Hi, ich bin Arthur", sagt er freundlich und deutet auf eine Konsole und ein Gamepad. „Ich steuere dich und das Auto."
„Wie bitte?", fragst du entsetzt.
„So ist es", meint Arthur. „Da gilt auch für die anderen Wagen. Sie werden ebenfalls von Leuten an ihren Konsolen gesteuert – online. Die Strecke wird komplett mit Kameras überwacht und alles auf die Bildschirme der Gamer übertragen. Cool, oder?"
„Nein!", rufst du.
„Doch!", lacht Arthur. „Du wirst als mein von mir gesteuerter Fahrer gegen die anderen antreten. Du lenkst zwar nicht den Wagen, aber kannst allerlei Waffen gegen die anderen einsetzen, um ihre Autos zu demolieren."
„Niemals!"
„Klar, so machen wir es!", ruft Arthur. „Und noch was: Ich will das Rennen gewinnen. Es geht um zehntausend Euro. Also enttäusch mich nicht! Ich gebe dir auch die Hälfte ab."

**Wenn du zum Schein mitmachst,
um diesen Irren das Handwerk zu legen,
lies weiter auf Seite** **27**

**Wenn du versuchst,
aus dem Auto herauszukommen,
lies weiter auf Seite** **95**

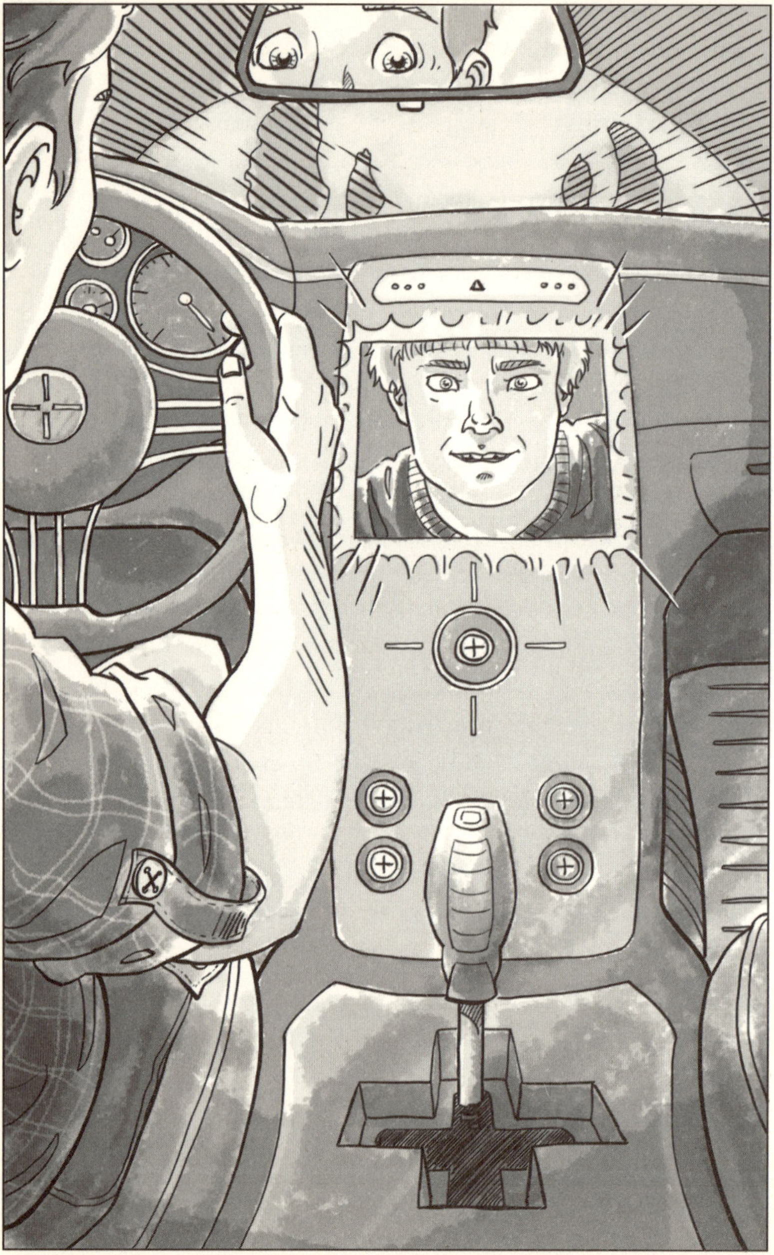

Du winkst, der Wagen hält. Am Steuer sitzt ein uralter Mann. Auch das noch …
Du sagst, worum es geht, und der Alte zeigt auf den Beifahrersitz. „Setz dich. Die Typen holen wir ein. Denen werden wir schon das Handwerk legen!"
„Wirklich? Mit diesem Auto?"
Der Alte grinst. „Aber hallo! Der Wagen hat über 400 PS."
Wie bitte? Das kannst du kaum glauben – bis der Mann Gas gibt. Der Motor brüllt und faucht, das Auto schießt los. Nach zehn Sekunden zittert die Tachonadel bei 260 km/h. Wow!
Schon siehst du die Meute der Spielerautos. Ihr fliegt förmlich heran, der Alte rammt das erste Auto ganz leicht von hinten, sodass es von der Piste trudelt. Schüsse peitschen, doch dein Fahrer winkt ab: „Kein Ding, alles Panzerglas."
Er kickt noch zwei andere Autos von der Bahn und ist jetzt an erster Stelle. Ein Knopfdruck, und vier Nagelbretter fallen auf die Straße. Die Reifen der anderen Autos knallen wie Sektkorken. Alle bleiben stehen. Da bremst auch der alte Mann, zieht einen Revolver, läuft zu den armen Jugendlichen hinter den Lenkrädern und befreit sie. Dann ruft er die Polizei.
Lächelnd dreht er sich zu dir um: „Tja, gelernt ist gelernt. Ich war früher auch Polizist und habe Raser auf der Autobahn gejagt!"

Ende

14

„Hi!“, sagst du ganz locker zu den anderen.
Die Jugendlichen sind doch ganz locker drauf. Ihr unterhaltet euch und stellt fest, dass ihr alle hierher beordert worden seid, weil ihr so „tolle Gamer“ seid.
„Klasse“, höhnt eines der drei Mädchen. „Und wo ist das Game?“
Niemand von euch weiß darauf eine Antwort.
Natürlich fragst du dich auch, warum hier die Autos stehen.
Du läufst um einen der Wagen herum. Die Karre ist wirklich megacool. Überrascht stellst du fest, dass das Auto nicht verschlossen ist.

Wenn du dich mal kurz hinter das Steuer setzt, lies weiter auf Seite 12

Wenn du lieber nicht in das Auto einsteigst, lies weiter auf Seite 86